語源解說 × 圖像聯想

U0076569

超高效英文單字
連鎖記憶法

汪汪・著　郭欣惠、高詹燦・譯

前言

想學英語的人，是否有以下煩惱？

● **不知道該從何學起**
● **老是背不起來**
● **雖然考試成績不差但不敢開口說英語**

我在過了25歲之後重拾英語，學生時代背的單字和文法早就忘得一乾二淨，便囫圇吞棗地什麼都學。

就這樣一點一滴地累積英語能力，最後到國外擔任公司的口譯人員及翻譯專業技術文件。

學會英語不僅能吸收更多資訊，也能增加就業轉職及居住地點的選項。以我而言就是能到海外工作，年薪也變多。

這本書是曾為英語所苦的作者，從自己學英語的過程中整理出最有效的**記憶法**，並提供給想要「重新學英語」的人。

就算是不諳背誦的人，也能透過圖解把英語單字視覺化，以聯想的方式記起來。另外，藉由圖像有系統的整理出常用的英語單字，就能一次學會大量的英語表現。

正因為我以前不擅長英語，所以更想介紹本書中**有效率的連鎖式記憶法**，給對英語卻步的人。

汪汪

CONTENTS

1-3　一次記住表示否定的字首

1-4　一次記住表示方向的字首

1-5　接在單字後面的語源（字尾）

第2章　介系詞、副詞篇

2-1　有場所之意的介系詞、副詞

2-2　有上下之意的介系詞、副詞

第**4**章 助動詞篇

第5章 詞彙篇

≒是近義詞，
⇔是反義詞，
／表示or（或）。

若使用市售的紅色記憶墊板，會看不清楚文章內的紅字。這時請以黑字為提示，猜出正確的單字。

第1章

語源篇

我試過最有效的背誦方法是統整英語單字的「結構」，以聯想的方式記憶。因此必須理解身為零件的語源。若能透過語源掌握單字組合，就能記住一整串的英語單字。

利用「語源×圖像×組合」擴充的英語單字記憶法

我們記人名時，通常也會一起背下那人的外觀特徵及性格。這個方法也能用來記英語單字。與其死背生硬的字母排列，不如理解組成單字的零件意思或與印象結合，更能提高記憶效率。

● 英語單字的結構

英語單字大多能拆解成各項零件。

零件總共分成三種。放在單字前頭的「字首」，單字的核心「字根」，以及銜接在單字後面賦予詞性或意義的「字尾」。這些零件又稱為「語源」。

● 用語源串起大量詞彙！

先認識右頁的 15 個主要字首及圖像。

接著從第 12 頁起以跨頁的形式逐一介紹常用字根。和右頁列出的字首相乘組合成英語單字。也會整理出各單字的衍生字、近義詞和反義詞。

最後以字尾表確認功能及詞性變化（參閱第 77 ～ 87 頁）。

就這樣，把各語源套上圖像，一邊整理一邊連鎖地記住英語單字。

心想「真的嗎？」的人也請翻開本書看看。應該會覺得背單字真輕鬆。

● 15個主要字首的圖像

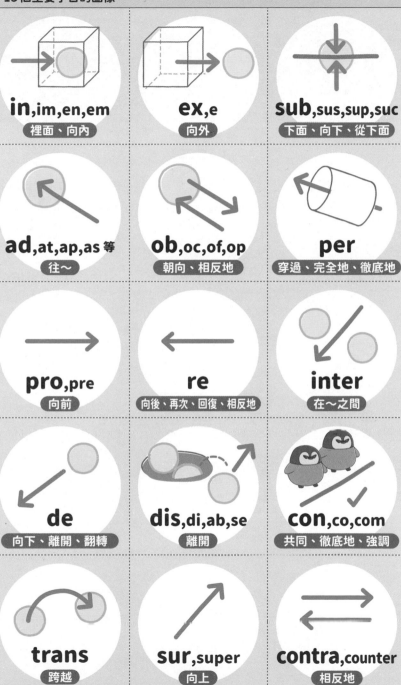

in,im,en,em
裡面、向內

ex,e
向外

sub,sus,sup,suc
下面、向下、從下面

ad,at,ap,as 等
往～

ob,oc,of,op
朝向、相反地

per
穿過、完全地、徹底地

pro,pre
向前

re
向後、再次、回復、相反地

inter
在～之間

de
向下、離開、翻轉

dis,di,ab,se
離開

con,co,com
共同、徹底地、強調

trans
跨越

sur,super
向上

contra,counter
相反地

spect 🐾 看

spect 是有動詞「look at（看）」之意的語源。
依組合的字首決定如何「看」。

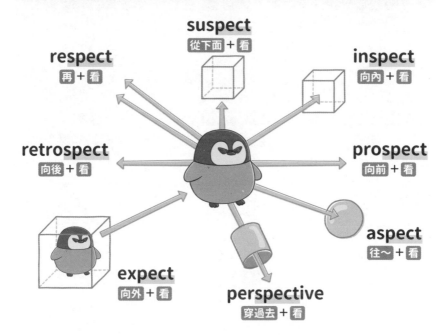

suspect
從下面 ＋ 看

respect
再 ＋ 看

inspect
向內 ＋ 看

retrospect
向後 ＋ 看

prospect
向前 ＋ 看

aspect
往～ ＋ 看

expect
向外 ＋ 看

perspective
穿過去 ＋ 看

---

inspect [inspékt] 向內看  及物動 檢查、視察	The mechanic inspected the engine. 維修員檢查引擎。 🐾 inspector 名 檢查員 　　　　　　 人、事 🐾 inspection 名 調查、檢查 　　　　　　 名詞化
expect [ekspékt] 向外看 及物動 期待、預期	My boss expects me to work on Saturdays. 老闆希望我週六上班。 🐾 expectation 名 期待、預料 　　　　　　 名詞化 🐾 expectable 形 可預期的 　　　　　　 能夠

12

suspect [名sʌ́spekt 動səspékt]
從下面看

名 嫌疑犯
及物動 懷疑

I <u>suspect</u> my partner is cheating on me.
我懷疑另一半有外遇。

☙ <u>suspicious</u> 形 可疑的
　　　　　具有

aspect [ǽspekt]
往～看

名 情況、外觀、側面

The internet affects every <u>aspect</u> of life.
網路影響著生活各方面。

😊 日語中表示長寬比的「aspect比」，寫成英語是
　　aspect ratio。

perspective [pərspéktiv]
穿過去看

名 觀點、看法、透視

From my <u>perspective</u>, he was wrong.
在我看來他錯了。

☙ ≒ point of view 視點、觀點
☙ ≒ standpoint 名 立場、看法

prospect [prá:spèkt]
向前看

名 前景、可能性

There is a good <u>prospect</u> that my grandfather will get well.
祖父很有機會康復。

☙ <u>prospective</u> 形 預期的
　　　　　有～傾向、具～特性
😊 ive 也有名詞化的作用。

retrospect [rétrəspèkt]
向後看

名 回顧、回想

In <u>retrospect</u>, we were lucky.
回想起來我們運氣很好。

☙ <u>retrospective</u> 形 回顧的
　　　　　有～傾向、具～特性
😊 日語「懷舊 retro」是 retrospective 的簡稱。

respect [rispékt]
再看

及物動 尊敬　名 尊敬、敬意

You should <u>respect</u> your elders.
你應該尊敬長輩。

☙ <u>respectable</u> 形 可敬的
　　　　　能夠
☙ <u>respectful</u> 形 表示敬意、恭敬
　　　　　充滿
☙ <u>respective</u> 形 各自的
　　　　　有～傾向、具～特性
😊 respect 是「再次＋看」→有「（特定）點」的
　　意思，respective 意指眼睛看向該點，表示「分
　　別的、各自的」。

dict, dicate 說

dict是「say（說）」、dicate是「proclaim（宣布）」之意的語源。dict加上字尾ate成為動詞「dictate（口述讓人記錄、命令）」。

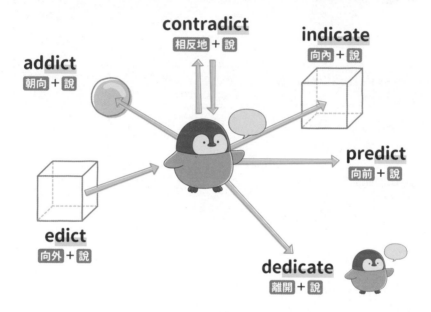

contradict
相反地 + 說

indicate
向內 + 說

addict
朝向 + 說

predict
向前 + 說

edict
向外 + 說

dedicate
離開 + 說

edict [í:dikt] 向外說 图 公告、政令	The government issued an <u>edict</u> requiring people to stay home. 政府對國民下令禁止外出。 🐾 ≒ decree 图 法令、公告
indicate [índikèit] 向內說（宣布）  及物動 指出某事	The data <u>indicates</u> that the economy is slowing. 數據顯示景氣成長趨緩。 🐾 indication 图 信號、前兆 　　名詞化 🐾 indicative 形 出示、表示 　　有～傾向、具～特性 🐾 indicator 图 量測儀、指標、指針 　　人、物

contradict [kàntrədíkt]
相反地說

及物動 和～矛盾

The minister <u>contradicted</u> himself in the interview.
部長接受訪談時言語自相矛盾。

* contradiction 名 矛盾
  名詞化
* contradictory 形 矛盾的

---

addict [ədíkt]
朝向～說

及物動 沉迷於～ 名 癮君子

My father is <u>addicted</u> to drinking.
父親嗜酒成癮。

* addicted to 沉迷於～
* addictive 形 上癮的
  有～傾向、具～特性
* addiction 名 成癮
  名詞化

---

predict [pridíkt]
向前說

及物動 預測

This app <u>predicts</u> the weather.
這個app能預測氣象。

* prediction 名 預言
  名詞化
* predictive 形 預測性的
  有～傾向、具～特性
* unpredictable 形 無法預測
  否定　　　能夠
* predictor 名 成為徵兆、預言者
  人、物

---

dedicate [dédikit]
分開說（宣布）

及物動 獻給、奉獻

I <u>dedicate</u> this song to my family.
我把這首歌獻給家人。

* dedication 名 獻身
  名詞化
* 「離去、宣布、獻身給神」是語源的另一種說法。

汪汪筆記

◎ ver（真實）配上dict即是「verdict（判決）。

　雖然ver不是常見語源，不過可以的話就背下來吧。

　・verify（fy變成～，參閱第87頁：及物動）證實

　・verification（tion名詞化，參閱第81頁：名）作證

◎ dict加上動詞字尾ate（做～）成為「dictate（口述讓人記錄、命令），或

　是加上or（人）變成「dictator（獨裁者）」。

scribe, script 🐾 寫

scribe、script 是動詞「write（寫）」之意的語源。script 本身是名詞「腳本」的意思。

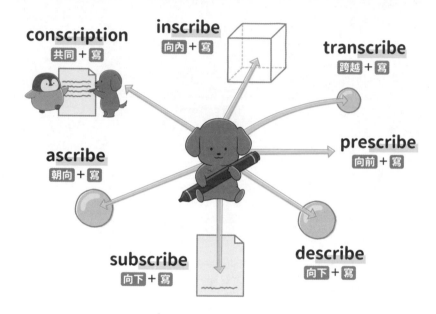

conscription
共同 + 寫

inscribe
向內 + 寫

transcribe
跨越 + 寫

ascribe
朝向 + 寫

prescribe
向前 + 寫

subscribe
向下 + 寫

describe
向下 + 寫

---

inscribe [inskráib]
向內寫

及物動 記錄、刻寫

Inscribing your name on the school walls is not a good idea. You will get caught.
在學校牆壁上亂寫自己的名字不太好吧。會被抓喔。

🐾 inscription 名 題字
　　　　　名詞化

---

transcribe [trænskráib]
寫到對面

及物動 重寫、抄寫

I hope you can transcribe this paragraph; it is important for us to preserve it.
你能抄寫這段就好了。保存這部分對我們來講很重要。

🐾 transcription 名 重寫、副本
　　　　　　名詞化

subscribe [səbskráib]
站在裡面

及物動 簽名
不及物動（定期服務）申請

No, I would not want to subscribe to a daily e-mail from the supermarket. Thank you.
不，我並不想訂閱那家超市每天傳送的電子郵件。謝謝。

🐾 subscription 名 預購、預付制
　　名詞化
💬「サブスク（Sabusuku）訂閱」是 subscription 的簡稱。

🐾 subscriber 名 訂戶、參加者
　　人、事

ascribe [əskráib]
朝向～寫

及物動 歸咎於（～原因）

The doctor ascribed her symptoms to a flu.
醫生把她的症狀視為流感。

🐾 ascribe A to B 把A歸因於B

conscription [kənskrípʃən]
共同書寫

名 徵兵制、徵召

Having to visit my parents during Obon feels like conscription.
盂蘭盆節一定要回家探親的規定，像是在服兵役。

🐾 conscript 及物動 徵召 形 被徵召的

prescribe [priskráib]
向前（事先）寫

及物動 不及物動 開處方、指定

The doctor prescribed him a daily dose of Panadol to relieve his headache.
醫生開給他緩減頭痛的處方，是每天服用普拿疼。

🐾 prescription 名 規定、處方箋
　　名詞化

describe [diskráib]
向下寫

及物動（用語言、文章）描述、說明

Please describe the events that unfolded yesterday for us, Madam Sweeney.
Sweeney 夫人，請告訴我們昨天發生的事。

🐾 description 名 描述、說明
　　名詞化

汪汪筆記

◎ manu是意指「手」的語源，manuscript意味著手寫的「原稿、手抄本」。

◎ circum是意指「周圍」的語源，circumscribe意味著「在～周圍拉起界線」。

sist 🐾 站立

sist 是動詞「stand（站立）」之意的語源。st 和 sist 一樣，stable 是「st（站立）＋ able（能）」，組成意味著「安定」的形容詞。

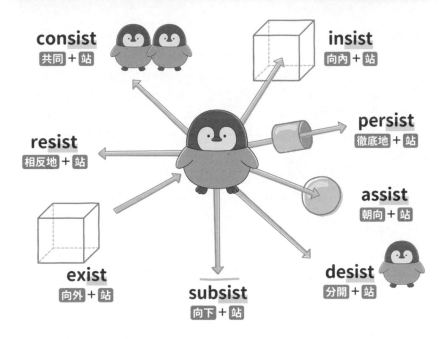

consist
共同 ＋ 站

insist
向內 ＋ 站

persist
徹底地 ＋ 站

resist
相反地 ＋ 站

assist
朝向 ＋ 站

exist
向外 ＋ 站

subsist
向下 ＋ 站

desist
分開 ＋ 站

insist [insíst] 站在裡面 及物動 不及物動 堅持、要求	A: This is my treat. You paid last time. B: If you insist. A：這次我出錢。上次是你請的。 B：**既然你都這麼說了**。 --- 🐾 insistence 名 堅持 　　名詞化
exist [igzíst] 站在外面 不及物動 存在、生存	Does God exist? 神明真的**存在**嗎？ --- 🐾 existence 名 存在 　　名詞化 🐾 existent 形 存在的、現存的 　　人、事／形容詞化

subsist [səbsíst] 站在下面 不及物動 存在、生存	Most of the islanders subsist on fishing. 多數島民以漁業為生。 🐾 subsistence 名 賴以為生、生計 　　　　　名詞化
assist [əsíst]  朝向～站 及物動 不及物動 幫助　名 援助	Robots assisted COVID-19 patients in Italy. 機器人協助義大利的COVID-19病患。 🐾 assistance 名 援助、幫忙 　　　　　名詞化 🐾 assistant 名 幫手、助理 　　　　人、物／形容詞化
consist [kənsíst] 共同站立 不及物動 由～組成、成立	My son's class consists of 40 students. 兒子班上由40位學生所組成。 🐾 consistency 名 一致性 　　　　　性質、狀態
persist [pərsíst] 徹底站好  不及物動 堅稱	She persisted in her opinion. 她堅持自己的意見。 🐾 persistency 名 固執、執意 　　　　　性質、狀態 🐾 persistent 形 堅持不懈的、持續的 　　　　人、物／形容詞化 😊 ent, ant除了當人的名詞字尾，也可以是形容詞 　　字尾（參閱第78頁）。
desist [dizíst] 分開站 不及物動 停止、放棄	The lawyer sent a cease and desist letter to the company. 律師寄出了（違法行為的）停終信函給那家公司。 🐾 cease and desist letter （違法行為的）停終 　　　　　　　　　　　　　信函
resist [rizíst] 站在相反方向  及物動 抵抗	I can't resist chocolate. 我抗拒不了巧克力。 🐾 resistance 名 抵抗、妨礙 　　　　　名詞化 🐾 resister 名 反抗者 　　　　人、物

> **汪汪筆記**
> 因為「sist（站立）」是語源，所以組合成的動詞中自然有很多不及物動詞。

ceed, cede, cess
走去、退讓

動詞「go（去）」、「yield（禮讓）」之意的語源。是難度比較高的英語單字，cede 也可以當作動詞使用，意味著「退讓」。

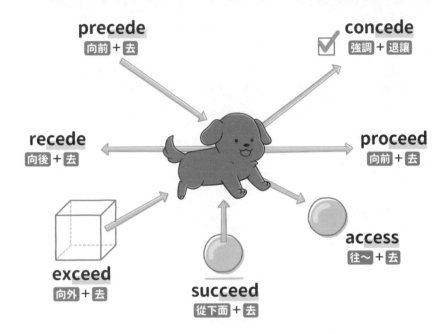

precede
向前 ＋ 去

concede ☑
強調 ＋ 退讓

recede
向後 ＋ 去

proceed
向前 ＋ 去

access
往～ ＋ 去

exceed
向外 ＋ 去

succeed
從下面 ＋ 去

exceed [iksíːd] **向外去** 及物動 超出、超過	Hinata <u>exceeded</u> his teammates' expectations after the training camp. 日向參加完訓練營後，表現超乎隊友的期待。 🐾 excess 名 過量、超額 🐾 excessive 形 過度的 　　有～傾向、具～特性
concede [kənsíːd] **強調退讓**  及物動 承認（失敗） 不及物動 認輸、退讓	My friends are still debating since neither of them want to <u>concede</u> defeat. 我朋友目前仍在爭論中，因為沒人願意認輸。 🐾 concession 名 讓步 　　名詞化

succeed [səksíːd]
從下面去

[不及物動] 成功 [及物動] 繼～之後

If you fail to <u>succeed</u> on your first try, then try and try again.
第一次要是沒成功，就再多試幾次。

🐾 success 名 達到、成功

😊 從下面走去（上面）所以「成功」了。

🐾 successive 形 連續的、接連的
　　　　　　　　有～傾向、具～特性

---

access [ǽkses]
往～去

名 使用、接近的權利
[及物動] 使用

Mr.Wasa forgot to give an <u>access</u> pass to the new employee.
和佐先生忘記給新員工通行證。

🐾 accessible 形 可進入的、可使用的
　　　　　　　　能夠

---

precede [prisíːd]
向前去

[及物動] 領先、走在～前面

Ritsuka let his girlfriend <u>precede</u> into the room.
律和讓女朋友先進房間。

🐾 precedence 名 領先、優先
　　　　　　　　名詞化
🐾 precedent 名 前例、判決先例 形 在前面的
　　　　　　　人、物／形容詞化
🐾 unprecedented 形 史無前例的
　　　否定　　　過去式／形容詞化

---

proceed [動 prəsíːd 名 próusiːd]
向前去

[不及物動] 開始、進行

Let's pick up where we left off yesterday and <u>proceed</u> to the next topic.
從昨天結束的地方開始繼續下一個主題。

🐾 process 名 一連串的行為、製作過程

🐾 procedure 名 程序、步驟、方法
　　　　　　　　名詞化

---

recede [risíːd]
向後去

[不及物動] 後退、減弱

A senator was forced to <u>recede</u> from his position due to corruption.
議員因瀆職而被迫下台。

🐾 recession 名 經濟衰退、後退
　　　　　　　　名詞化

汪汪筆記 ✏

雖然有ceed、cede、cess各種形態，但還是一併記住比較好。

gress, grad 🐾 步行

動詞「walk, step（步行）」之意的語源。也常用於和「行進」有關的單字，如「grade（年級）或 graduate（畢業生）」等。

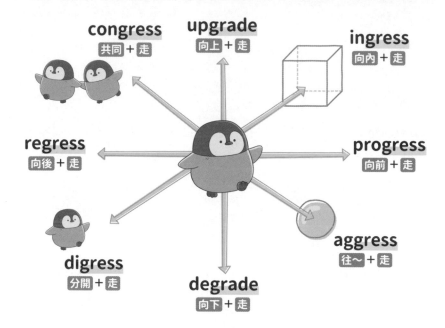

congress
共同＋走

upgrade
向上＋走

ingress
向內＋走

regress
向後＋走

progress
向前＋走

digress
分開＋走

aggress
往～＋走

degrade
向下＋走

ingress [íngres] 向內走  名 入口、進入	The <u>ingress</u> of foreigners should be halted. 應該禁止外國人入境。 🐾 ingredient 名 原料 　　人、物／形容詞化
congress [káŋgrəs] 共同走 名 議會、會議	The <u>congress</u> is discussing the new legislation brought upon by the senator. 議會中正在討論議員提出的新法案。 🐾 congressional 形 議會的 　　名詞＋al＝形容詞化

aggress [əgrés]
往～走

不及物動 著手攻擊
及物動 攻擊

I would appreciate it if you don't aggress that animal.
感謝你不攻擊那隻動物。

* aggression 名 侵略、攻擊
  名詞化
* aggressive 形 具攻擊性的、積極的
  有～傾向、具～特性

---

digress [daigrés]
分開走

不及物動 離題、脫軌

We have digressed a lot from our first plan.
我們偏離最初的計畫太遠了。

* digression 名 題外話
  名詞化
* digressive 形 離題的
  有～傾向、具～特性

---

degrade [digréid]
向下走

不及物動 降下～、使～降低
不及物動 降下、降低

Don't degrade yourself just for his sake.
不要為了他貶低自己。

* degradation 名 不光彩、降職、降級
  名詞化

---

progress [動 prougrés 名 prágres]
向前走

名 前進、進展 不及物動 進行、前進
及物動 使～有進展

We have made great progress with the project.
我們在這個項目上進步神速。

* progression 名 進步、前進
  名詞化
* progressive 形 向前進的、進步的
  有～傾向、具～特性

---

regress [動 rigrés 名 rí:gres]
向後走

不及物動 後退、逆向
名 倒退

We regressed from using computers to writing letters.
我們從使用電腦退化到手寫信件。

* regression 名 退回
  名詞化
* regressive 形 後退的
  有～傾向、具～特性

---

upgrade [動 ʌpgréid 名 ʌpgrèid]
向上走

名 升級
及物動 提高、使～升級
不及物動 提升功能

Haruki wanted to upgrade his guitar but didn't have the funds to do so.
春樹想提高吉他的等級卻沒有錢。

* upgradable 形 可升級的
  能夠

vent, vene 🐾 來

vent, vene 是有動詞「come（來）」之意的語源。「來」的場地「venue（會場）」也是常見的英文單字。

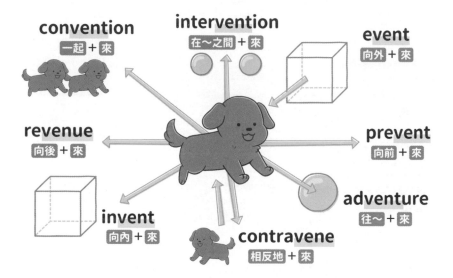

convention
一起 + 來

intervention
在～之間 + 來

event
向外 + 來

revenue
向後 + 來

prevent
向前 + 來

invent
向內 + 來

contravene
相反地 + 來

adventure
往～ + 來

---

invent [invént] 來到裡面  及物動 發明、編造	I really wanted to <u>invent</u> a good excuse to leave the party. 我真的想找個好藉口離開宴會現場。 🐾 invention 名 發明、創作品　名詞化 🐾 inventor 名 發明家　人、物 🐾 inventory 名 物品清單 😊 invent 以前也有「發現」的意思。Inventory 如字面所示，為「找到的物品」。
event [ivént] 來到外面 名 事件、活動	There are many <u>events</u> being held during summer. 夏季期間會舉辦很多活動。

convention [kənvénʃən]
一起來

名 大會、（集團內的）慣例

Last week, I joined a furry convention; it was great fun!
上週，我參加了野獸狂（熱愛擬人化動物角色之人）的聚會。超開心！

---

adventure [ədvéntʃər]
往～來

名 冒險（精神）

If you want an adventure, go to that man over there by the wooden wagon.
想冒險的人，請去木製貨車旁的人身邊。

🐾 advent 名 到來

---

intervention [ìntərvénʃən]
來到～之間

名 介入、干涉

We need some intervention for this argument.
這場辯論必須有外力介入。

🐾 intervene 不及物動（在兩個場所或物品之間）介於、干涉

---

contravene [kàntrəvín]
相反地來

及物動 違反、和～矛盾

Mafuyu's actions contravene the rules of the school.
真冬的行為違反學校規定。

😊 語源 contra 有 against 的意思（參閱第132頁）

---

prevent [privént]
來到前面

及物動 預防（～的發生）

Alicia was trying to prevent her mom from spending too much on food.
Alicia 盡量不讓母親付太多餐費。

🐾 prevention 名 防止、阻止
　　名詞化
🐾 preventive 形 預防的、妨礙性的
　　有～傾向、具～特性

---

revenue [révənù:]
來到後面

名 稅收、收益

Tony Stark has a gross revenue of one-billion dollars.
鋼鐵人的總收入有10億美金。

😊 profit（利潤）= revenue（收入）- expense（支出）

汪汪筆記

「avenue（大街）」也一起記下來吧。

duce, duct 🐾 引導

duce, duct是有動詞「lead（引導）」之意的語源。duct也是名詞「導管」的意思。

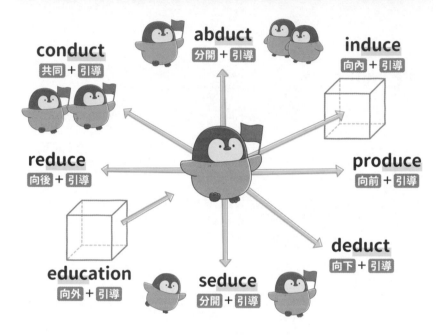

conduct
共同 + 引導

abduct
分開 + 引導

induce
向內 + 引導

reduce
向後 + 引導

produce
向前 + 引導

education
向外 + 引導

seduce
分開 + 引導

deduct
向下 + 引導

---

induce [indú:s]
向內引導

及物動 說服、引誘

Music can <u>induce</u> a meditative state to the listener.
音樂能引導聽眾進入冥想狀態。

🐾 induction 名 就職、《電子》感應
　　　　　　名詞化

😊 intro 和 in 兩者都有「向內」的意思。Introduce 是「向內」+「引導」，即為「介紹」。

---

education [èdʒukéiʃən]
向外引導

名 教育、知識

Don't let your hobbies get in the way of your <u>education</u>.
請不要讓興趣妨礙到學業。

🐾 educate 及物動（為了某種目的對人）進行教
　　　　動詞化　　育

conduct [動kəndʌ́kt 名kándʌkt]
共同引導

及物動 引導、帶領 名 行為、執行
不及物動 通到（道路～等）、指揮

That girl was charged with disorderly <u>conduct</u> for refusing to state her name.
那名女孩拒絕說出自己的姓名，因此被指控行為擾亂治安。

❧ conductor 名 車掌、指揮、導體
           人、物
❧ semiconductor 名 半導體
   一半   人、物

---

abduct [æbdʌ́kt]
分開引導

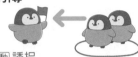

及物動 誘拐

If someone tries to <u>abduct</u> you, shout and run away.
若是遭人綁架請大叫並逃走。

❧ abduction 名 綁架
      名詞化

---

deduct [didʌ́kt]
向下引導

及物動 減掉、扣除

If you don't take this job seriously, I'm going to <u>deduct</u> 10% from your monthly salary.
不認真做這項工作的話，就先扣 10% 月薪。

❧ deduction 名 減除、扣除
      名詞化

---

produce [prədús]
向前引導

及物動 製造、生產
不及物動 創作、生產
名 農作物、產品

The company wants everyone to <u>produce</u> a result.
公司希望每位員工都有成果產出。

❧ production 名 生產、製作
      名詞化
❧ reproduction 名 複製、複製品
  再度   名詞化
❧ producer 名 製造者、生產者
     人、物

---

reduce [ridús]
向後引導

及物動 減少～、降低
不及物動 減少、降低

I expect that prices will <u>reduce</u> by next week.
我預計下周價格會下跌。

❧ reduction 名 減少
     名詞化
❧ reducer 名 縮減的人、事物
    人、物

---

seduce [sidús]
分開引導

及物動 引誘

Are you really trying to <u>seduce</u> me?
你真的想引誘我嗎？

😊 se 和 dis, ab 一樣都有「離開」的意思。

❧ ≒ attract 及物動 吸引 不及物動 吸引

cept, ceive 🐾 拿取

動詞「take（拿取）」之意的語源。在常見單字「transceiver（無線電收發機）」、「receiver（收件人）」等都看得到。

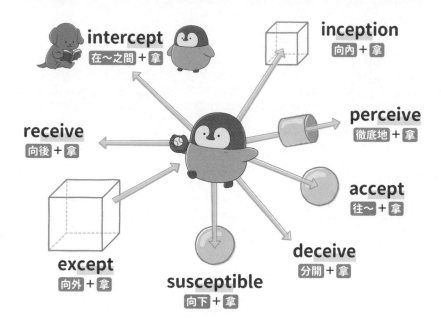

intercept
在~之間 + 拿

inception
向內 + 拿

receive
向後 + 拿

perceive
徹底地 + 拿

accept
往~ + 拿

except
向外 + 拿

susceptible
向下 + 拿

deceive
分開 + 拿

---

except [iksépt]
拿到外面

及物動 不在此限 介係 除~之外

Everyone <u>except</u> Tom came to the party.
這場聚會除了 Tom 以外，每個人都到了。

🐾 exception 名 例外
　　名詞化
🐾 exceptional 形 例外的
　　名詞 + al = 形容詞化

---

inception [insépʃən]
拿到裡面

名 起初、開始

She has been on the committee since its <u>inception</u> two years ago.
她從兩年前委員會成立後就加入了。

🐾 incept 及物動 開始

---

susceptible [səséptəbl]
可以向下拿

形 易受影響的、允許的

I am susceptible to colds.
我常感冒。

❦ susceptibility 名 易受影響
　　　　　　　　　名詞化

---

accept [æksépt]
往～拿

及物動 接受、承認

Accept yourself for who you are.
接受原本的自己吧。

❦ acceptance 名 承諾、接受
　　　　　　　名詞化
❦ acceptable 形 可接受的
　　　　　　　能夠

---

intercept [動ìntərsépt 名íntərsèpt]
在～中間拿

及物動 攔截
名 妨礙、阻止

Tom tried to intercept a pass from John.
Tom打算攔截 John 的傳球。

❦ interception 名 搶走
　　　　　　　　名詞化
💭 截球指的是傳球的過程中搶走球。

---

perceive [pərsíːv]
徹底地拿

及物動 察覺到、理解

I perceived you entering my room.
我知道你進入房間。

❦ perception 名 感知
　　　　　　　名詞化

---

deceive [disíːv]
分開拿

及物動 欺騙、哄騙 不及物動 行騙

You are being deceived by your partner.
你被同伴騙了。

❦ deceiver 名 詐欺犯
　　　　　　人、物
❦ ≒ cheat 及物動 欺騙 不及物動 作弊

---

receive [risíːv]
向後拿

及物動 得到、受到
不及物動 接受

My brother receives special education services.
我弟弟接受特殊教育。

❦ receiver 名 收件人、聽筒
　　　　　　人、物
❦ receipt 名 收據、收訖

汪汪筆記

susceptible的（a）ble是意味著能夠的字尾。

從第77頁開始介紹字尾。

ject 🐾 投擲

意指「throw（投）」的語源。adjective可以拆解成「ad（朝向～）＋ject（投擲）」。由此了解「形容詞」即是朝對象（名詞）投擲的詞性。

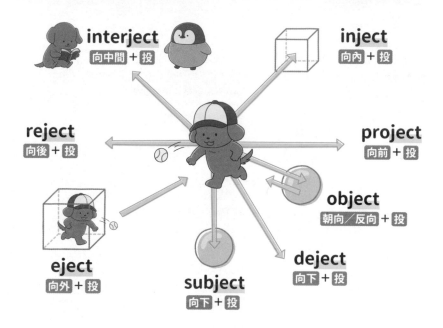

interject
向中間 ＋ 投

inject
向內 ＋ 投

reject
向後 ＋ 投

project
向前 ＋ 投

object
朝向／反向 ＋ 投

eject
向外 ＋ 投

subject
向下 ＋ 投

deject
向下 ＋ 投

---

inject [indʒékt] 向內投  及物動 注射、投入	The doctor <u>injected</u> a vaccine under the skin. 醫生在皮下注射疫苗。 <hr>🐾 injector 名 針管、注水器 　　　　　　　人、物 🐾 injection 名 注射、噴射 　　　　　　　名詞化
eject [idʒékt] 向外投 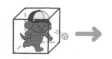 及物動 驅逐 不及物動 退出	The pilot was <u>ejected</u> from the plane before it was crashed. 飛行員在飛機墜毀前彈出機身外。 <hr>🐾 ejection 名 排放、噴出 　　　　　　名詞化

subject [動səbdʒékt 名sʌ́bdʒikt]
向下丟

及物動 使服從 名 主題、對象

Read these tips on how to write great e-mail <u>subject</u> lines.
請詳讀如何寫好電子郵件標題的相關要點。

* <u>subjective</u> 形 主觀的
  有～傾向、具～特性

---

object [動əbdʒékt 名ábdʒikt]
朝向／反向投

及物動 不及物動 反對
名 物體、目標

My parents <u>objected</u> to our marriage.
父母反對我們結婚。

* <u>objective</u> 形 目的的 名 目標
  有～傾向、具～特性
* <u>objection</u> 名 反對
  名詞化

---

interject [ìntərdʒékt]
向中間投

及物動 插（話）
不及物動 插嘴

May I <u>interject</u> one thing?
我能插句話嗎？

* <u>interjection</u> 名 突然插進來的話
  名詞化

😃 投向中間所以是「插嘴」。很容易了解吧。

---

project [動proudʒékt 名prádʒèkt]
向前投

及物動 投影 名 計畫

We need to carry out this <u>project</u>.
我們必須執行這項計畫。

* <u>projector</u> 名 投影機
  人、物
* <u>projection</u> 名 投影、預測
  名詞化

---

deject [didʒékt]
向下丟

及物動 使沮喪

The fans were <u>dejected</u> when their team lost the final game.
支持的隊伍在決賽落敗時，粉絲們相當沮喪。

* <u>dejection</u> 名 沮喪
  名詞化

---

reject [動ridʒékt 名rídʒekt]
向後丟

及物動 拒絕 名 廢品

My ex-girlfriend <u>rejected</u> my follow request on Instagram.
前女友拒絕我的IG追蹤要求。

* <u>rejection</u> 名 拒絕、駁回
  名詞化

mit 送

有「send（送）」之意的語源。mess和miss都是意思相同的語源，也出現在「message（訊息）」或「missile（飛彈）」等單字中。

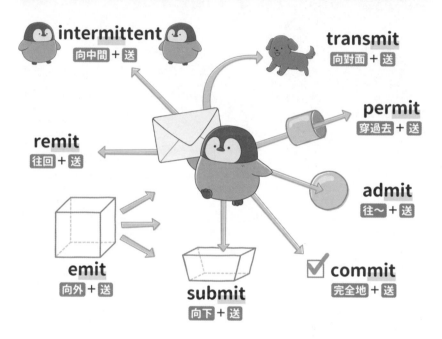

intermittent
向中間 + 送

transmit
向對面 + 送

permit
穿過去 + 送

remit
往回 + 送

admit
往～ + 送

emit
向外 + 送

submit
向下 + 送

commit
完全地 + 送

---

emit [imít]
向外送

及物動 發射（光等）、發出（聲音）

Digital devices emit a lot of blue light.
數位機器會發出大量藍光。

- emission 名 發射、放出
  名詞化
- emitter 名 《電子》射極、發射體
  人、物

---

transmit [trænsmít]
送到對面

及物動 傳送、傳達 不及物動 流傳

Nerve cells transmit messages around our bodies.
神經細胞在我們的體內傳遞訊息。

- transmission 名 播送、傳達
  名詞化

submit [səbmít]
向下送

I have to <u>submit</u> the paper to my teacher today.
今天我必須交報告給老師。

- submission 名 投降、服從
  名詞化
- submissive 形 服從的、順從的
  有～傾向、具～特性

及物動 提出、使服從
不及物動 服從

---

admit [ədmít]
往～送

I hate to <u>admit</u> it but it's true.
雖然不想承認，卻是事實。

- admission 名 入學（許可）、進入
  名詞化
- admissible 形 可接受的
  能夠

及物動 承認
不及物動 容許、承認

---

commit [kəmít]
完全地送

There is no evidence he <u>committed</u> a crime.
沒有他的犯罪證據。

- commission 名 委託、任務、權限
  名詞化
- uncommitted 形 中立的、不偏袒某方
  否定　過去式/形容詞化
- commitment 名 傾心、投入
  名詞化

及物動 犯(罪)、委託
不及物動 承諾

---

permit [動pərmít 名pə́:rmit]
穿過去送

I'm going to buy a parking <u>permit</u> tomorrow.
我打算明天買張停車證。

- permission 名 同意
  名詞化
- permissive 形 允許的
  有～傾向、具～特性

及物動 允許 名 許可(證)

---

intermittent [ìntərmítənt]
向中間送 形容詞化

The weatherman predicted <u>intermittent</u> rain for tomorrow.
氣象報告說明天有間歇性陣雨。

- intermit 及物動 中斷
          不及物動 暫停
- intermission 名 停止、中斷
  名詞化

形 暫停的、間歇的

---

remit [rimít]
往回送

I <u>remitted</u> him the money last week.
我上週匯款給他了。

- remittance 名 匯款
  名詞化
- 記成「送到（應是）原來的地方」就能和圖像做連結了。

及物動 匯款、提交、減輕
不及物動 減緩

33

tend 延伸

動詞「stretch（延伸）」之意的語源。tend 本身是動詞，意思是「有～傾向、趨向～」。

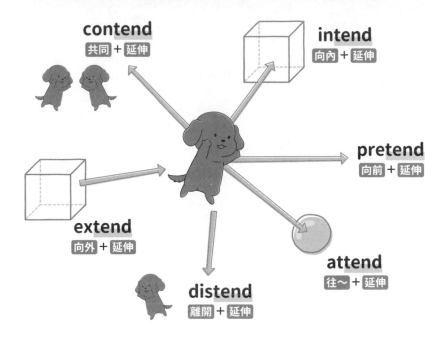

contend
共同 + 延伸

intend
向內 + 延伸

pretend
向前 + 延伸

extend
向外 + 延伸

attend
往～ + 延伸

distend
離開 + 延伸

---

extend [iksténd] 向外延伸 及物動 延伸、延長	My professor agreed to <u>extend</u> the deadline. 教授同意我延長期限。 ● extension 名 擴大、延長 　　　名詞化 ● extensive 形 廣大的、寬廣的 　　　有～傾向、具～特性
intend [inténd] 向內延伸 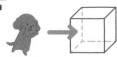 及物動 打算、意思是～	No harm intended. 沒有傷害的意思。 ● intention 名 意圖、目的 　　　名詞化 ● intentionally 副 有意地、故意地 　　　形容詞＋ ly ＝副詞

contend [kənténd]
共同延伸

不及物動 競爭
及物動 堅稱

She had to contend with difficulties.
她必須與困難作戰。

---

* contender 名 競爭者
　　　　　　　人、物
* contention 名 爭論、競爭
　　　　　　　　名詞化

attend [əténd]
向～延伸

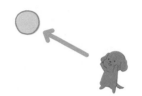

及物動 出席、伴隨
不及物動 出席

You do not have to attend the meeting.
你不必參加那場會議。

---

* attendance 名 列席
　　　　　　　名詞化
* attention 名 注意
　　　　　　　名詞化
* attendee 名 出席者
　　　　　　　從事者
* 以 ee 表示「從事者」。
* attendant 名 服務人員、負責人 形 伴隨的
　　　　　　　人、物/形容詞化
* attentive 形 體貼的、注意的
　　　　　　有～傾向、具～特性

distend [disténd]
離開延伸

及物動 使膨脹、擴張
不及物動 膨脹、擴展

The doctors distended my abdomen.
醫生們鼓起我的肚子。

---

* distention 名 膨脹
　　　　　　　名詞化
* distended 形 膨脹的
　　　　過去式/形容詞化

pretend [priténd]
向前延伸

及物動 假裝～ 不及物動 掩飾

She pretended to be dead when she met a bear.
她遇到熊時裝死。

---

* pretension 名 自大、自稱
　　　　　　　名詞化
* pretender 名 冒牌者、偽君子
　　　　　　　人、物
* pretend 如例句所示多以 pretend to 的形式出現。

汪汪筆記

◎ pretend 是為了取信於人向前伸展主張己見，因此成為「假裝～」的語源說法之一。

◎「tendency（傾向）」的 ency 表示特性、狀態。

mov, mot 🐾 移動

mov 是「move（移動）」之意的語源。「automobile（汽車）」可拆解成「自己（auto）＋移動（mob）＋能夠（ble）」。

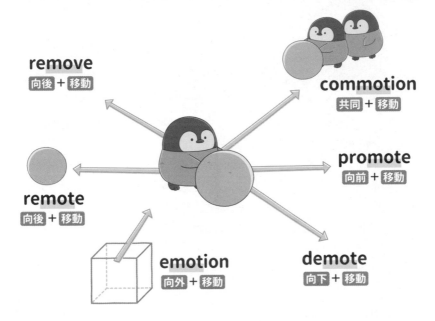

remove
向後 ＋ 移動

commotion
共同 ＋ 移動

promote
向前 ＋ 移動

remote
向後 ＋ 移動

emotion
向外 ＋ 移動

demote
向下 ＋ 移動

emotion [imóuʃən] 向外移動  及物動 表露（情感）名 感情	People should not let <u>emotions</u> control who they are. 人類不該讓情緒控制自己。 🐾 emotional 形 感情上的 　　名詞＋al＝形容詞化
commotion [kəmóuʃən] 共同移動  名 騷動、混亂	I wonder what the <u>commotion</u> there was about; I heard someone got hurt. 那裡不知道在吵什麼，我聽到有人受傷了。 🐾 ≒ disturbance 名 引起騷動的事、騷擾

demote [dimóut]
向下移動

及物動 使降級 名 降級

I might <u>demote</u> you from your current position.
我可能將你降職。

🐧 demotion 名 降職
　　　　　　名詞化

---

promote [prəmóut]
向前移動

及物動 促進、晉升

This medicine can help <u>promote</u> a healthier lifestyle within a few weeks.
這種藥可在幾週內促進健康改善生活品質。

🐧 promotion 名 促進、晉升
　　　　　　名詞化
🐧 promotive 形 助長的、推銷的
　　　　　有～傾向、具～特性
🐧 promoter 名 主辦人、發起人
　　　　　人、物

---

remove [rimú:v]
向後移動

及物動 消除
不及物動 移動、解除 名 移動

Do not <u>remove</u> the statue. It is very valuable and expensive.
不要移動那座雕像。它價值不斐且珍貴。

🐧 removal 名 除去
　　　動詞＋al＝名詞化
🐧 removable 形 可消除的
　　　　　能夠

---

remote [rimóut]
向後移動

形 遙遠的、遠離的

We doubt Osamu lives on a <u>remote</u> island.
我們沒想到阿治住在那麼遠的離島上。

😊 英語中，過去式＝時間軸上的「距離」感，和 remote「遙遠」的意思相關。

汪汪筆記 ✏️

一併記住表示動作的 mob, mot 吧。

- motion（tion：名）動作
- mobilize（ize：動）動員
- mobile（able 能夠：形）可動的
- motivate（ate：動）打動
- motivation（tion：名）動機

press 壓

press 本身也是意味著「壓」的動詞。
加上形成名詞的字尾 ure 即為「pressure（壓力）」。

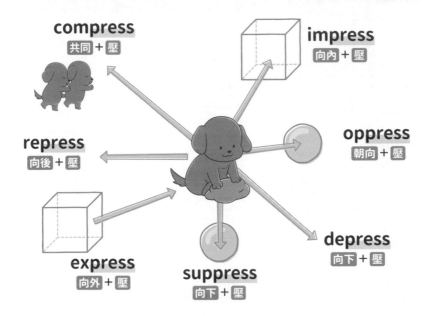

compress
共同 + 壓

impress
向內 + 壓

repress
向後 + 壓

oppress
朝向 + 壓

express
向外 + 壓

suppress
向下 + 壓

depress
向下 + 壓

---

impress [imprés]	I am so impressed with your kindness.
向內壓	你們的體貼讓我很感動。
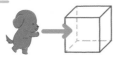	● impressive 形 令人印象深刻的
	有～傾向、具～特性
	● impression 名 感想、感覺
	名詞化
及物動 帶來強烈的影響、給人良好的印象	● impressed 形 打動的
不及物動 留下好印象	過去式／形容詞化

express [iksprés]	I want to express myself better in English.
向外壓	我想用更流利的英語來表達自己。
	● expressive 形 表現的
	有～傾向、具～特性
	● expression 名 措辭、表情
及物動 敘述、表示、表達	名詞化
形 高速的 名 快車	

suppress [səprés]
向下壓

及物動 鎮壓、制止、阻止

You should not <u>suppress</u> your anger.
你不該壓下怒火。

🐾 suppress<u>ion</u> 名 鎮壓、制止
　　　　　名詞化
🐾 suppress<u>or</u> 名 鎮壓者、滅音器
　　　　　人、物
🐾 suppress<u>ive</u> 形 遏止的、壓抑的
　　　　　有〜傾向、具〜特性

oppress [əprés]
朝向〜壓

及物動 折磨、壓迫

The dictator <u>oppresses</u> the people.
獨裁者鎮壓人民。

🐾 oppress<u>ive</u> 形 暴政的
　　　　　有〜傾向、具〜特性
🐾 oppress<u>ion</u> 名 壓迫
　　　　　名詞化

compress [kəmprés]
共同壓

及物動 按住、固定
不及物動 壓縮

Underwater divers breathe <u>compressed</u> air.
深潛潛水員呼吸壓縮空氣。

🐾 compress<u>ion</u> 名 壓縮
　　　　　名詞化
🐾 compress<u>or</u> 名 壓縮機
　　　　　人、物
🐾 compress<u>ed</u> 形 壓縮的
　　　　　過去式／形容詞化

repress [riprés]
向後壓

及物動 壓制、制止

I <u>repressed</u> a sneeze.
我忍住噴嚏。

🐾 repress<u>ion</u> 名 壓抑、遏止
　　　　　名詞化
🐾 repress<u>ive</u> 形 鎮壓的、壓抑的
　　　　　有〜傾向、具〜特性

depress [diprés]
向下壓

及物動 壓下、使低落

Come on, don't be so <u>depressed</u>.
喂，不要那麼沮喪嘛。

🐾 depress<u>ion</u> 名 壓低、蕭條
　　　　　名詞化
🐾 depress<u>ive</u> 形 壓下的、抑鬱的
　　　　　有〜傾向、具〜特性
🐾 depress<u>ed</u> 形 被壓下的、消沉的
　　　　　過去式／形容詞化

汪汪筆記

因為語源同是「press（壓）」，所以有壓迫（oppress）或遏止（repress）等意思相近的單字。歸納後記下來吧。

tract 🐾拉

tract是動詞「draw（拉）」之意的語源。日文也會用到的「tractor（曳引機）」可拆解成「tract（拉）＋or（人、物）」。

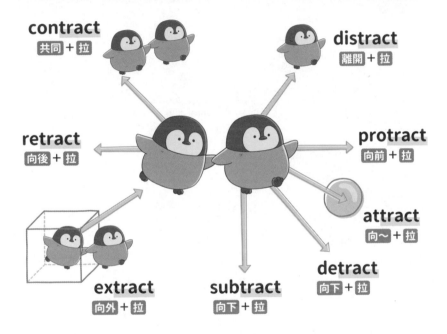

contract
共同 ＋ 拉

distract
離開 ＋ 拉

retract
向後 ＋ 拉

protract
向前 ＋ 拉

attract
向～ ＋ 拉

detract
向下 ＋ 拉

extract
向外 ＋ 拉

subtract
向下 ＋ 拉

---

extract [動ikstrǽkt 图ékstrækt]
向外拉

及物動 抽出、拔出 图 提煉物

A lemon squeezer is a tool used to <u>extract</u> juice from citrus fruits.
檸檬榨汁機是柑橘類水果榨取果汁的工具。

🐾 extractive 形 榨取的
　　有～傾向、具～特性

---

distract [distrǽkt]
離開拉

及物動 分心

My child gets easily <u>distracted</u>.
我家小孩容易分心。

🐾 distraction 图 分心、注意力分散
　　名詞化
🐾 distractive 形 分心的
　　有～傾向、具～特性

subtract [səbtrǽkt] 向下拉  及物動 減去 不及物動 減法	If you subtract 5 from 8, you get 3. 8減5等於3。 --- 🐾 subtraction 名 減、減法 　　　　　　名詞化 😊 英語的加法是 addition、乘法是 multiplication、 除法是 division。
attract [ətrǽkt] 向~拉  不及物動 吸引 及物動 吸入、吸引	Sugar attracts ants. 砂糖引來螞蟻。 --- 🐾 attraction 名 吸引的事物 　　　　　　名詞化 🐾 attractive 形 具吸引力的 　　　有~傾向、具~特性
contract [動 kəntrǽkt 名 kántrækt] 共同拉 及物動 簽約 名 契約、合約	Many employees do not have written contracts. 很多員工都沒有簽合約。 --- 🐾 contractor 名 承包商 　　　　　　人、物 🐾 subcontractor 名 外包商 　　　下面的
protract [proutrǽkt] 向前拉  及物動 拖延、延長	You are protracting the argument. 你在拖延討論喔。 --- 🐾 protraction 名 延長 　　　　　　名詞化 🐾 retract 及物動 撤回、縮回 　　　　不及物動 撤回、後退
detract [ditrǽkt] 向下拉  不及物動 損害、降低 及物動 損壞、縮減	That doesn't detract from the fact that she was a genius. 那無損於她是天才的事實。 --- 🐾 detraction 名 減損 　　　　　　名詞化 😊 看起來很像的單字 distraction，拆成 dis（分 開）＋ traction（拉）＝「注意力分散」來想的 話就很好記。 🐾 detractive 形 貶低（價值、名聲等） 　　　有~傾向、具~特性
retract [ritrǽkt] 向後拉 及物動 撤回、縮回 不及物動 撤回、後退	The minister retracted the statements. 部長撤回他的發言。 --- 🐾 retraction 名 取消、撤回 　　　　　　名詞化 🐾 protract 及物動 拖延、延長

pend, pense 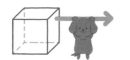 懸掛、秤重

動詞「hang（懸掛）」「weigh（秤重）」之意的語源。pend加上ing，意思是吊掛著，由此可聯想到「pending（懸而未決的）」。

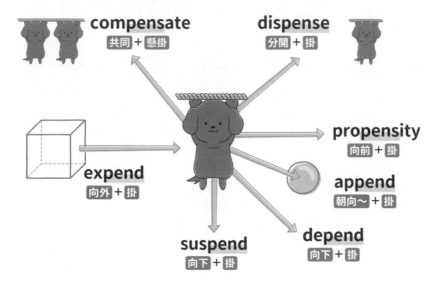

compensate
共同 + 懸掛

dispense
分開 + 掛

propensity
向前 + 掛

expend
向外 + 掛

append
朝向～ + 掛

suspend
向下 + 掛

depend
向下 + 掛

---

expend [ikspénd] 向外掛	We already <u>expended</u> too much money on the project. 我們在這個項目上花太多錢了。
及物動 花費、消費	🐾 expense 名 費用、經費 🐾 expen<u>diture</u> 名 支出 　　　　名詞化 🐾 expen<u>sive</u> 形 貴的 　　　有～傾向、具～特性 🐾 <u>in</u>expensive 形 便宜的 　　否定
append [əpénd] 朝向～掛	The writer <u>appended</u> a glossary to his book. 作者在自己的書附上詞彙表。
及物動 添加、附加	🐾 append<u>ix</u> 名 附錄、附件

suspend [səspénd]
向下掛

[及物動] 懸掛、暫停

Many airlines <u>suspended</u> operations due to the pandemic.
受到疫情影響，多家航空公司暫停營運。

☙ suspender [名] 吊掛物
　　　　人、物

---

depend [dipénd]
向下掛

[不及物動] 取決於～、信賴

A：Are you going hiking tomorrow?
B：It <u>depends</u> on the weather.
A：明天要去健行嗎？
B：視天氣而定。

☙ dependence [名] 依賴
　　　　　　名詞化
☙ dependent [形] 依賴的、取決於～的
　　人、物/形容詞化　[名] 相依為命的人、撫養的眷屬
😊 ent是名詞字尾，用來表示人或事物，也是形容
　　詞字尾（參閱第78頁）。
☙ independence [名] 獨立
　　　　　否定
☙ independent [形] 獨立的
　　　　　否定

---

compensate [kámpənsèit]
決定共同懸掛

[及物動] 補償、抵銷
[不及物動] 校正

The government will <u>compensate</u> the victims for their loss.
政府賠償被害者的損失。

☙ compensation [名] 補償、賠償金
　　　　　　　名詞化
😊 ate是有「做～（動詞化）」作用的字尾（參閱
　　第87頁）。

---

propensity [prəpénsəti]
向前掛

[名] 傾向

He has a <u>propensity</u> for violence.
他有暴力傾向。

☙ ≒ tendency [名] 特質、傾向
☙ prepense [形] 有計畫的、故意的
😊 prepense是很少單獨出現的單字，但在外文書
　　上或許會看到malice prepense（殺機、預謀）
　　之類的用語。

---

dispense [dispéns]
分開掛

[及物動] 施行、分配

This vending machine <u>dispenses</u> bottled water.
這台自動販賣機有賣瓶裝水。

☙ dispenser [名] 自動販賣機、流量固定的飲料
　　　　人、物　　裝置

vert,verse 🐾 轉向

動詞「turn（轉向）」之意的語源。「verse + ion（名詞化字尾）」，就成為日文中也很常見的「version（版本、樣式）」。

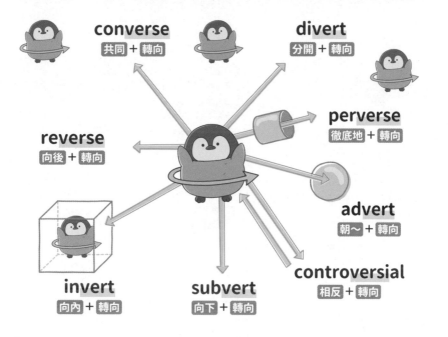

converse
共同 + 轉向

divert
分開 + 轉向

perverse
徹底地 + 轉向

reverse
向後 + 轉向

advert
朝～ + 轉向

invert
向內 + 轉向

subvert
向下 + 轉向

controversial
相反 + 轉向

---

invert [ínvə:rt]
向內轉向

及物動 上下顛倒、反向
不及物動 反過來、顛倒、反轉

The <u>inverted</u> pyramid is a common structure for writing news stories.
倒金字塔是常用的新聞報導寫作結構。

🐾 inverted 形 顛倒的
　　過去式／形容詞化

---

converse [動kənvárs 名kánvərs]
共同轉向

不及物動 交談
名 談話、相反的事物 形 相反的

I conversed and played with his kids.
我陪他兒子聊天玩耍。

💬 知名運動品牌「CONVERSE」並不等於英語單字 converse，而是取自於創辦人的姓名 Marquis M Converse。

subvert [səbvə́rt]
向下轉向

[及物動] 推翻、破壞

The activists are trying to subvert the government.
激進派打算推翻政府。

☙ subversion 名 推翻、破壞
　　　　　名詞化

---

advert [動 ædvə́:rt 名 ǽdvə:rt]
朝～轉向

[不及物動] 注意 名 廣告

I'm calling to inquire about the job advert.
我打電話詢問徵才廣告的相關訊息。

☙ advertise [及物動] [不及物動] 為～廣告、宣傳

☺ ise, ize是動詞字尾，另外也有「～化」的意思（參閱第87頁）。

---

divert [dəvə́rt]
分開轉向

[及物動] 轉移、轉換

His joke diverted our attention.
他的玩笑轉移了我們的注意。

☙ diverse 形 多樣的、不同的

☙ diversity 名 多樣性
　　　　　名詞化

---

perverse [pərvə́:rs]
徹底地轉向

形 倔強的、固執的

I felt that is a perverse idea.
我覺得這是一個錯誤的想法。

☙ pervert [及物動] 脫離正軌、濫用

☙ perversity 名 剛愎、頑固
　　　　　名詞化

---

reverse [rivə́rs]
向後轉

[不及物動] [及物動] 逆轉、反轉
名 相反、顛倒 形 反面的

I put the car in reverse.
我打到R檔（讓車子倒退的檔位）。

☙ reversal 名 逆轉
　　　　　名詞化

☺ al接在字尾，有把名詞變成形容詞、動詞變成名詞的作用（參閱第80、85頁）。

---

controversial [kàntrəvə́rʃəl]
相反轉向 形容詞化

形 有爭議的

Abortion is a controversial issue.
墮胎是具爭議性的話題。

☙ controversy 名 爭論

☺ controversial是名詞controversy加上al，所以變成形容詞（參閱第85頁）。

port ·搬運

port 是動詞「carry（搬運）」之意的語源。後面接 able 就成為形容詞「portable（手提式、可攜帶的）」。

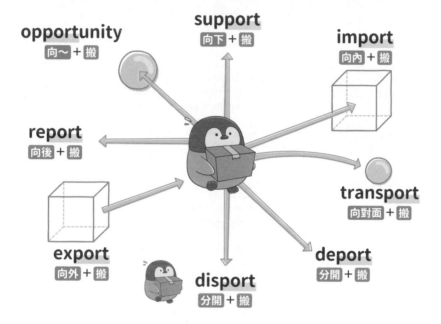

support
向下 + 搬

opportunity
向～ + 搬

import
向內 + 搬

report
向後 + 搬

transport
向對面 + 搬

export
向外 + 搬

disport
分開 + 搬

deport
分開 + 搬

---

import [動impɔ́ːrt 名ímpɔːrt] 向內搬 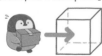 及物動 進口、攜入 名 進口	We import wine from France. 我們從法國進口葡萄酒。 ● importer 名 進口商 　　　　　　人、物
export [動ikspɔ́ːrt 名ékspɔːrt] 向外搬 及物動 出口、搬走 名 出口	Japan exports cars to many countries. 日本出口汽車到許多國家。 ● exporter 名 出口商 　　　　　　人、物

support [səpɔ́rt]
向下搬

及物動 支持、援助 名 支援

I support your idea.
我支持你的意見。

* supportive 形 支持的、援助的
  有～傾向、具～特性
* supporter 名 護具、支持者
  人、物

---

opportunity [àpərtjúnəti]
向～搬

名 良機、機運

Grab the opportunity!
抓住機會！

* opportunist 名 機會主義者
  主義者
* opportune 形 適當的、適時的

---

disport [dispɔ́rt]
分開搬

及物動 娛樂

They disported themselves on the beach.
他們在沙灘上玩樂。

因為「拋開（嚴肅事件）」所以「享樂」。

* ≒ amuse 及物動 消遣

---

transport [動 trænspɔ́:rt] [名 trǽnspɔ:rt]
向對面搬

及物動 運輸

The goods were transported from the warehouse.
從倉庫搬來商品。

* transportation 名 運輸
  名詞化
* transporter 名 運輸者、搬運裝置
  人、物

---

deport [dipɔ́rt]
分開搬

及物動 遣送出境、流放

The president decided to deport the illegal aliens living in the country.
總統決定把住在國內的非法外國人驅逐出境。

* deportation 名 驅逐出境
  名詞化

---

report [ripɔ́rt]
向後搬

及物動 不及物動 報告 名 報告

I reported the accident to the police.
我向警察報告這起事故。

* reporter 名 報告的人、記者
  人、事

汪汪筆記

port本身也是名詞「港口」。

fer 🐾 運送

fer是動詞「carry（搬運）」「bring（帶來）」之意的語源。
和前一頁的語源port一起背吧。

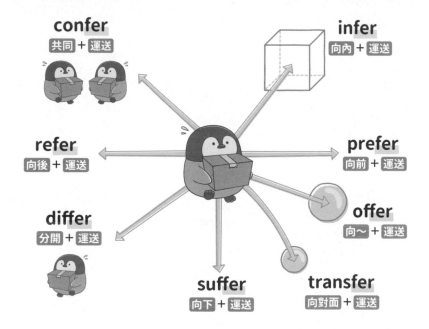

confer
共同 + 運送

infer
向內 + 運送

refer
向後 + 運送

prefer
向前 + 運送

differ
分開 + 運送

offer
向～ + 運送

suffer
向下 + 運送

transfer
向對面 + 運送

---

infer [infə́r]
向內運送

及物動 推測、揣測

Manga readers are free to infer the words of the main character.
漫畫讀者們可以自由揣測主角的話。

😊 inference 名 推論
　　 名詞化

---

transfer [動 trænsfə́:r 名 trǽnsfər]
運送到對面

及物動 搬、使調職、轉寄
不及物動 移動、調職
名 移動、調職

OMG! I forgot to transfer the files to our professor last night! I'm so dead.
糟了！昨晚忘記轉寄檔案給教授！我完蛋了。

😊 transferable 形 可轉移的、可轉讓的
　　 能夠

suffer [sʌfər]
向下運送

及物動 不及物動 受苦

Kageyama had to suffer his trauma alone.
影山必須獨自承受創傷。

 fer 有時也有「bear（忍耐）」的意思，suffer的語源是「向下＋忍耐」。

---

offer [ɔ́fər]
向～運送

及物動 提出、提供
不及物動 提議 名 提議

I sometimes offer chocolates to my colleagues since I know they like them.
我知道同事喜歡巧克力，所以偶爾會送他們巧克力。

🐾 offeror 名 要約人
　　　　人、物
🐾 offeree 名 受要約人
　　　　接受～的人

---

confer [kənfə́r]
共同運送

不及物動 協商

Mao wanted time to confer with her boyfriend about their problem.
真央希望有時間和男朋友商量他們的問題。

🐾 conference 名 會議
　　　　　名詞化

---

prefer [prifə́r]
向前運送

及物動 喜歡

Many young adults prefer black/bitter coffee over sweetened.
很多年輕人喜歡黑／苦咖啡勝過甜味咖啡。

🐾 preference 名 偏愛、優先權
　　　　　名詞化

---

differ [dífər]
分開運送

不及物動 相異、不同

Sometimes, our lifestyles and taste differ as we mature.
生活型態或喜好會隨著長大而改變。

🐾 difference 名 差異、差別
　　　　　名詞化
🐾 different 形 不同的
　　　　人、物／形容詞化

---

refer [rifə́r]
向後運送

及物動 派遣、使查閱
不及物動 談到、查閱

Almost everyone I know refers to google if they have questions.
幾乎所有認識的人有疑問時都上google查詢。

🐾 reference 名 提到、參考文獻
　　　　　名詞化

pose, posit, pone 放置

pose, posit, pone 是動詞「put（放置）」之意的語源。常見單字 postpone 可拆解成「post（向後面）+ pone（放）」，意味著「延期」。

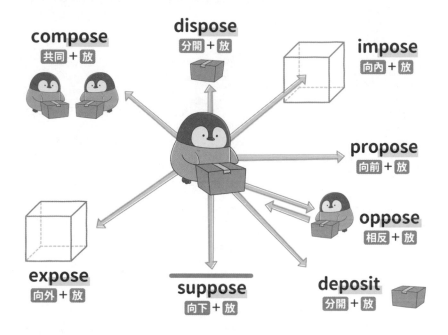

compose
共同 + 放

dispose
分開 + 放

impose
向內 + 放

propose
向前 + 放

oppose
相反 + 放

expose
向外 + 放

suppose
向下 + 放

deposit
分開 + 放

---

impose [impóuz] 向內放 及物動 課徵（義務等）、強加	You shouldn't impose your opinion on others. 你不該把自己的意見強加於人。 ☙ impose A on B 對 B 課徵 A ☙ imposition 名 強加 名詞化
expose [ikspóuz] 向外放  及物動 暴露、揭露	Do not expose your skin too much under the sun. You will get a sunburn. 不要讓皮膚暴露在陽光下過久。會曬傷。 ☙ exposure 名 暴露 名詞化

suppose [səpóuz]
向下放

<u>及物動</u> 假設、猜想

I <u>suppose</u> that they wanted to see the movie.
我猜他們想看那部電影。

😊 因為放在討論的基礎下，所以是「假設」。

🐧 supposed 形 假設的
　　過去式／形容詞化
🐧 supposedly 副 據推測　😊 形容詞＋ ly ＝副詞化

---

oppose [əpóuz]
相反地放

<u>及物動</u> 反對、對抗

I heard that many Japanese <u>oppose</u> tax increases.
我聽說很多日本人反對增稅。

🐧 opposite 形 相反的
🐧 opposition 名 反對、敵對
　　　　　名詞化
🐧 opponent 名 對手 形 敵對的
　　　　人、物／形容詞化

---

compose [kəmpóuz]
共同放

<u>及物動</u> 構成、組成、作曲

Manami started <u>composing</u> using the piano at such a young age.
愛海在這麼年輕的時候就開始用鋼琴作曲。

🐧 composition 名 構造、結構
　　　　　名詞化
🐧 composer 名 作曲家
　　　　　人、物
🐧 component 名 構成要素 形 組成的
　　　　人、物／形容詞化

---

propose [prəpóuz]
向前放

<u>及物動</u> 提議
<u>不及物動</u> 求婚

Shingo <u>proposed</u> to his girlfriend on their second anniversary.
真吾在交往兩周年的紀念日那天向女朋友求婚。

🐧 proposal 名 計畫、提案　😊 動詞 l al ＝名詞化

---

deposit [dipázit]
分開放

<u>及物動</u> 存錢 名 存款、保證金

I forgot to <u>deposit</u> my money at the bank yesterday.
我昨天忘記去銀行存錢了。

🐧 deposition 名 罷免、沉澱、存入
　　　　　名詞化

---

dispose [dispóuz]
分開放

<u>及物動</u> 配置 <u>不及物動</u> 配置

Atsumu forgot to <u>dispose</u> of the evidence that he ate his twin's snack.
Atsumu 忘記處理掉他吃了雙胞胎零食的證據。

🐧 disposition 名 性格、處理、配置
　　　　　名詞化
🐧 disposal 名 處理、出售　😊 動詞＋ al ＝名詞化

😊 整理、分配上的處置是 disposition
　　拆除、出售上的處置是 disposal

struct 🐾 建造

動詞「build（建造）」「pile up（堆放）」之意的語源。後面接名詞字尾 ure 就成為意思是「structure（結構）」的單字。

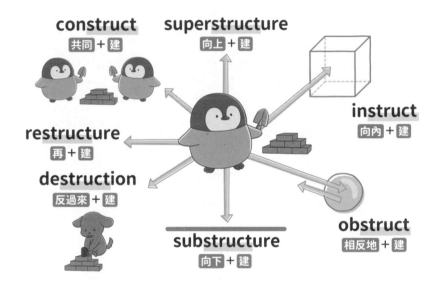

construct
共同 + 建

superstructure
向上 + 建

instruct
向內 + 建

restructure
再 + 建

destruction
反過來 + 建

obstruct
相反地 + 建

substructure
向下 + 建

---

instruct [instrʌ́kt] 向內建  及物動 指示、指導	My university is looking for interns to assist and instruct the cooking lessons. 我念的大學徵求可在烹飪課上指導並幫忙的實習生。 🐾 instruction 名 指示、教育、操作手冊 　　　　　　　　　名詞化 🐾 instructor 名 講師、指導員 　　　　　　　人、物 🐾 instructive 形 具教育性的、有益的 　　　　　　　有～傾向、具～特性
construct [kənstrʌ́kt] 共同建 及物動 建造、裝配 名 建築物	At school, they teach students how to construct logical arguments. 學生在學校學習邏輯辯論的架構法。 🐾 construction 名 建設、建築物、建築業 　　　　　　　　名詞化 🐾 constructor 名 施工者、建設公司 　　　　　　　人、物

substructure [sʌ́bstrʌ̀ktʃə]
向下建

名 基礎、地基

An earthquake can make the substructure of this building crack or collapse.
地震可能會導致這棟建築的底部結構龜裂或倒塌。

🐾 ≒ base 名 基礎、底座

---

obstruct [əbstrʌ́kt]
朝向、反向地建

及物動 阻塞、妨礙

Obstructing police while on duty is an offense.
妨礙值勤中的警察是違法的。

🐾 obstruction 名 障礙、阻礙
　　　　　　　　名詞化
🐾 obstructive 形 妨礙的、具妨礙性的
　　　　　　　　有～傾向、具～特性

---

destruction [distrʌ́kʃən]
反過來建

名 破壞

The war in the Middle East caused too much destruction to people's lives.
中東戰爭嚴重破壞人民的生活。

🐾 destroy 及物動 毀損、破壞
🐾 destructive 形 破壞性的、否定性的
　　　　　　　有～傾向、具～特性
😊 de 也用來表示反轉。

---

restructure [rìstrʌ́ktʃər]
再建

及物動 不及物動 重建

After that accident, Oikawa had to restructure his life.
經過那場意外，及川必須重整他的人生。

😊 「日語裁員（リストラ resutora）」是 restructure 加上 ing「restructuring（名 重組）」的簡稱。

---

superstructure
向上建　[súːpərstrʌ̀ktʃə]

名 上層建築、上層結構

Society's superstructure includes the culture, ideology and identities that people inhabit.
社會的上層結構包括人們習慣的文化、意識形態與身分。

😊 例句中的「上層結構」，指的是馬克思社會主義的組成基礎。

【 汪汪筆記 】

雖然 substructure 或 superstructure 是相當少見的單字，

但為了讓讀者掌握英文單字的構造並理解，故在此列出說明。

rupt 🐾 破

rupt是動詞「break（毀壞）」「burst（破裂）」之意的語源。後面接名詞字尾ure，就成為意思是「rupture（破裂）」的單字。

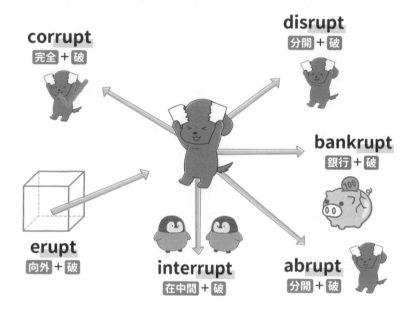

corrupt
完全 + 破

disrupt
分開 + 破

bankrupt
銀行 + 破

erupt
向外 + 破

interrupt
在中間 + 破

abrupt
分開 + 破

---

erupt [irʌ́pt]
向外破

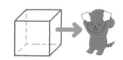

不及物動 噴發、噴火、（感情）爆發

Mt. Mayon is an active volcano in the Philippines that can erupt at any given time.
馬榮火山經常爆發，是菲律賓的活火山。

🐾 eruption 名 發生、爆發
　　名詞化
🐾 eruptive 形 爆發性的
　　有～傾向、具～特性

---

corrupt [kərʌ́pt]
完全破

形 腐敗的、墮落的
及物動 使墮落、收買
不及物動 墮落、被收買

There are many corrupt government officials in any country.
任何國家都有很多貪官污吏。

🐾 corruption 名 瀆職、腐敗
　　名詞化

---

abrupt [əbrʌ́pt]
分開破

形 突然的、不連貫的

Mr. Smith made an <u>abrupt</u> leave without telling the office.
Smith 先生沒有通知公司**突然離職**。

- abruptly 副 突然地
  形容詞＋ly＝副詞化
- ≒ sudden 形 突然的

---

interrupt [動ìntərʌ́pt 名íntərʌ̀pt]
在中間破

及物動 不及物動 打擾、中斷
名 中斷

Milky didn't want to <u>interrupt</u> his teacher even though he had a question.
Milky 就算有疑問也不想打斷老師。

- interruption 名 阻擋
  名詞化
- uninterrupted 形 不間斷的
  否定　過去式／形容詞化

---

disrupt [disrʌ́pt]
分開破

及物動 中斷、打擾

While traveling, Akihito got many work-related e-mails that <u>disrupted</u> his leisure time.
Akihito 在旅途中收到很多封工作相關的電子郵件，打擾他的休假。

- disruption 名 中斷、分裂
  名詞化
- disruptive 形 破壞性的、分裂的
  有～傾向、具～特性

---

bankrupt [bǽŋkrʌpt]
銀行破裂

名 破產者 形 破產的
及物動 使破產

The company my friend made went <u>bankrupt</u> due to the pandemic.
朋友開的公司因疫情而倒閉。

- bankruptcy 名 破產、倒閉

- go bankrupt 破產

汪汪筆記 ✏

◎ ad 和 dis 都是意指「離開」的語源。abrupt 是隔開距離破裂，可以聯想成連接著的道路「突然」中斷，所以意味著突然。

◎「route（路、路線）」其實和 rupt 也是相同語源。把（常走）的路線，想像成靠外力開闢的山間小路吧。

ply, ploy 摺疊

ply, ploy 是動詞「fold（摺疊）」之意的語源。
pli, ple 也是意思相同的字根，可以的話就一起背下來吧。

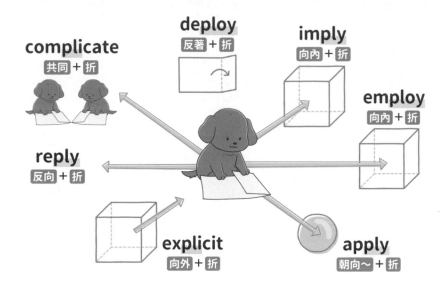

complicate
共同 + 折

deploy
反著 + 折

imply
向內 + 折

employ
向內 + 折

reply
反向 + 折

explicit
向外 + 折

apply
朝向～ + 折

---

imply [implái]
向內折

及物動 暗示、意味著

It was implied that she didn't like him.
她暗示過並不喜歡他。

☙ implication 名 言外之意、暗示
　名詞化

---

employ [emplɔ́i]
向內折

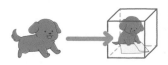

及物動 僱用、錄取

I would like to employ you in our company.
我打算錄取你進我們公司。

☙ employment 名 僱用
　名詞化
☙ employee 名 員工
　接受者
☙ employer 名 僱主
　執行者
☙ unemployment 名 失業
　否定

explicit [ɪksplísɪt]
向外折

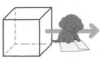

形 清楚的、直率的

Mr. Suzuki's instructions for the essay were explicit.
鈴木先生的文章旨意明確。

≒ clear 形 乾淨的、清楚的

---

complicate [kámpləkèɪt]
共同折

及物動 複雜 形 複雜的

Our boss does not wish to complicate matters.
我們老闆不想把事情複雜化。

complication 名 複雜化
　　　名詞化
complicated 形 複雜的
　　　過去式／形容詞化

---

apply [əplái]
朝向~折

及物動 適用、應用
不及物動 申請、適用

She applied for citizenship in the country, but her request has been denied.
她申請成為那個國家的公民，卻被駁回要求。

application 名 申請、請求
　　　名詞化
applicable 形 合適的
　　　能夠
applicant 名 應徵者
　　　人、物／形容詞化
appliance 名 電器　　配合目的折疊的
　　　名詞化　　　事物。

---

deploy [dɪplɔ́ɪ]
反著折

及物動 部署（軍隊等）
不及物動 配安置、分散

American soldiers are continuously deployed in Iraq.
美軍持續在伊拉克部署兵力。

deployment 名 配置、展開
　　　名詞化

---

reply [rɪplái]
反向折

不及物動 答覆 名 回答

You may email them now, but expect a reply within ten days.
你可以立刻寫信給他們，但要有十天內才收到回信的心理準備。

汪汪筆記

表示數字的字首有de（2）、tri（3）、multi（複數）。
duplicate是摺疊兩次，表示「複製品、複製」，triple是摺疊三次，表示「由三個組成、三倍的」，multiple則意味著「多數的、多樣的」。

ply, ple 🐾 滿

ply, ple 有「fill（滿溢）」的意思。「折」和「滿」的語源拼法都是ply，請分清楚不要混淆。

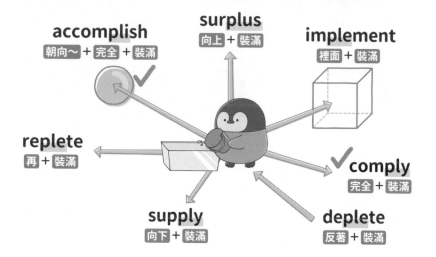

surplus
向上 + 裝滿

accomplish
朝向～ + 完全 + 裝滿

implement
裡面 + 裝滿

replete
再 + 裝滿

comply
完全 + 裝滿

supply
向下 + 裝滿

deplete
反著 + 裝滿

---

comply [kəmplái]
完全裝滿

不及物動 服從、順從（命令等）

Our company expects you to <u>comply</u> with our orders, otherwise you can be dismissed.
我們公司希望你服從公司指令，否則可能會解雇你。

🐾 compliant 形 順從的、依據的
　　人、物/形容詞化
🐾 compliance 名 遵守、合規

〈完全裝滿〉

🐾 complete 形 完全的　🐾 completely 副 完全地
　　　　　　　　　　　　形容詞 + ly = 副詞化
🐾 completion 名 結束
🐾 incomplete 形 不完全的
　　否定

〈為了完全裝滿〉

🐾 complement 名 補足、補充
　　　　　　　名詞
🐾 complementary 形 補充的
🐾 compliment 名 讚美、誇獎
🐾 complimentary 形 恭維的、問候的

implement [ímpləmènt]
把裡面裝滿

They <u>implemented</u> an update to the software.
他們安裝了軟體更新程式。

😊 滿足需求的物品→工具，滿足需求→執行、安裝，如此歸納就很好背。

名 工具　及物動 執行、安裝

---

supply [səplái]
向下裝滿

I wonder if the store can <u>supply</u> the demand the fans want.
這家店可以滿足粉絲的要求嗎？

🐾 supplement 名 補充、附錄
　　　　　　　名詞化
🐾 supplementary 形 添加、補充
🐾 supplier 名 供應商、供應國
　　　　　　人、物

名 供應（量）　及物動 供應

---

deplete [diplít]
反著裝滿

We should conserve our supplies; they might <u>deplete</u> one day.
我們應該節約資源。它們或許有一天會耗盡。

🐾 depletion 名 減少、枯竭
　　　　　　名詞化
🐾 depletive 形 使～減少的
　　　　　　有～傾向、具～特性

及物動 使銳減、用盡
不及物動 銳減

---

replete [riplí:t]
再裝滿

The books in the library are <u>replete</u> with amazing stories.
圖書館內的書充滿精彩的故事。

🐾 repletion 名 充滿、充實
　　　　　　名詞化

形 完備的、吃飽的

---

accomplish [əkámpliʃ]
朝向～完全裝滿

We must <u>accomplish</u> this mission, or we may never be able to return home.
如果沒有完成這項任務，我們或許回不了家。

🐾 accomplishment 名 豐功偉業、成就
　　　　　　　　名詞化
🐾 accomplished 形 已實現的、已完成的
　　　　　　　過去式／形容詞化

及物動 實現、贏得

---

surplus [sérplʌs]
向上裝滿

The warehouse has a <u>surplus</u> of unwanted products.
倉庫裡有很多用不到的物品。

😊 surplus的plus是從語源ple衍生出的字，sur（上）＋plus（更）意味著「剩餘、盈餘」。

名 過剩、盈餘 形 多餘的
及物動 視為過剩

lude 🐾 表演

lude是動詞「play（表演）」之意的語源。「illusion（錯覺）」、「delusion（妄想）」等單字也包含這個語源。

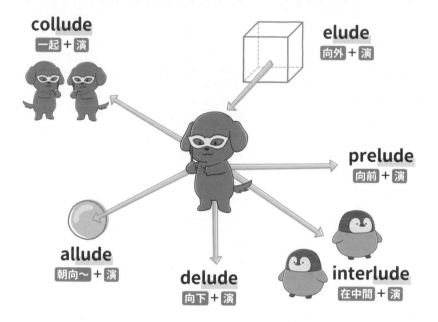

collude
一起 + 演

elude
向外 + 演

prelude
向前 + 演

allude
朝向～ + 演

delude
向下 + 演

interlude
在中間 + 演

elude [ilú:d] 向外演 及物動 （巧妙地）避開	Criminals <u>elude</u> the police on a day-to-day basis. 犯人整天都在躲避警察。 🐾 elusion 名 迴避 　　名詞化 🐾 elusive 形 善於逃走的、難以找到的 　　有～傾向、具～特性
prelude [prélju:d] 向前演 名 序幕、前奏曲	The <u>prelude</u> to the opera is about to begin. 歌劇的前奏即將開始。 🐾 prelusive 形 序言的、序幕的 　　有～傾向、具～特性

collude [kəlúːd]
一起演

不及物 共謀

The former government colluded with Russia.
舊政府和俄羅斯串通。

* collusion 名 事先商量、共謀
  名詞化
* collusive 形 串通的
  有～傾向、具～特性

---

delude [dilúːd]
向下演

及物 哄騙、欺騙

Don't delude yourself. You are not as good as you think you are.
不要自欺欺人。你沒有自己想的那麼優秀。

* delusion 名 欺騙、錯覺
  名詞化
* delusive 形 讓人迷惑的
  有～傾向、具～特性
* deluded 形 被騙的
  過去式／形容詞化

---

interlude [íntərlùːd]
在中間演

名 間奏、空檔

I think this piece's interlude is just wonderful.
我覺得這首作品的間奏很棒。

* ≒ interval 名 間隔、距離、空檔

---

allude [əlúːd]
朝向～演

不及物 隱射

I don't like how you guys allude to building a wall without the citizen's approval.
我不喜歡你們沒得到市民同意就暗示要築牆的行為。

* allusion 名 提及
  名詞化
* allusive 形 暗示的
  有～傾向、具～特性
* ≒ indicate 及物 表示、暗示

汪汪筆記

◎ post是意味著「在後面」的語源，postlude有「終曲、後奏曲」的意思。

◎ i(n)有時候代表「在～上面」的意思，illusion意味著「錯覺、看錯」。另外，illusion加上表示「執行者」的ist，就是illusionist（名 魔術師）。

◎ ous是意味著「持有～、充滿～」的語源，ludicrous有「滑稽的、可笑的」之意。

lig, leg, lect 收集、選擇

「collect（收集）」「choose（選擇）」之意的語源。將「college（大學）」拆解成「co（共同）+ leg（收集）」，便能深入了解單字的意思。

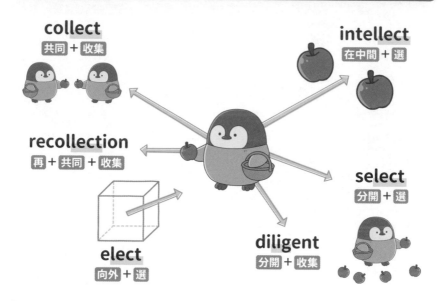

collect
共同 + 收集

intellect
在中間 + 選

recollection
再 + 共同 + 收集

elect
向外 + 選

diligent
分開 + 收集

select
分開 + 選

---

elect [ilékt] 向外選	Who would you <u>elect</u> as our club president? 你選誰當我們的社團主席？
及物動 選擇、挑選	❀ election 名 選舉 　　名詞化 ❀ elective 形 選舉的 　有～傾向、具～特性 ❀ eligible 形 有資格的 　　能夠
collect [kəlékt] 共同收集	Don't forget to <u>collect</u> the newspapers out front. 不要忘記回收放在玄關的報紙。
及物動 收集 不及物動 聚集	❀ collection 名 收集的東西 　　名詞化 ❀ collective 形 共同的 　有～傾向、具～特性 ❀ collector 名 收藏家 　　人、物

intellect [íntəlèkt]
在中間選

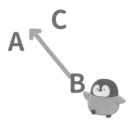

图 智力、思考能力

You need to use your <u>intellect</u> if you are going to enter the Chess Club.
想加入西洋棋社，必須先動腦。

- intellectual 形 理智的
  名詞＋al＝形容詞化
- intelligence 图 智慧
  名詞化
- intelligent 形 有才智的
  人、物／形容詞化
- intelligible 形 易懂的
  能夠

---

diligent [dílidʒənt]
分開收集

形 勤勉的、熱心的

Sarah is exceptionally <u>diligent</u> when it comes to reading history books.
Sarah在讀歷史書籍時特別用功。

加上一個一個分別收集的印象，就能聯想到「勤勉的」。

---

select [səlékt]
分開選

及物動 選擇　不及物動 挑選

He was about to <u>select</u> a choice when it timed out.
他正要做選擇時，時間到了。

- selection 图 選擇
  名詞化
- selective 形 有選擇性的
  有～傾向、具～特性

---

recollection [rèkəlékʃən]
再收集

图 往事、回憶

Our gramps periodically had <u>recollections</u> of the war.
我們的爺爺經常回憶起戰爭。

- recollect 及物動 回憶
- recollective 形 回憶的
  有～傾向、具～特性

汪汪筆記

◎ able是意味著「能夠」的語源，legible是「收集」＋「能夠」，即是「易辨認的、易讀的」，如果加上否定字首il，就是illegible，意思為「難讀的」。

◎ ne有否定的意思，從不選衍生出neglect有「忽視、輕視」，negligence有「疏忽、過失」的意思。

clude, close 🐾 關閉

clude, close 是動詞「shut, close（關閉）」之意的語源。close 是常見動詞，很容易記住吧。

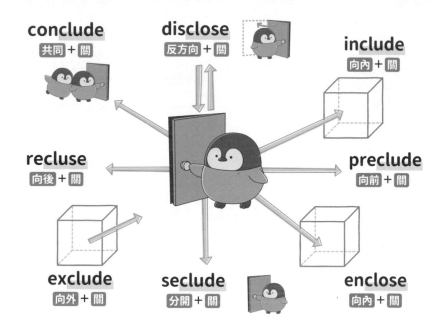

conclude 共同＋關

disclose 反方向＋關

include 向內＋關

recluse 向後＋關

preclude 向前＋關

exclude 向外＋關

seclude 分開＋關

enclose 向內＋關

include [inklúd] 向內關 及物動 包含、含有	Iwaizumi would like to <u>include</u> his son in this program. 岩泉想讓兒子參加這個計畫。 👣 inclusion 名 內容物 　　名詞化 👣 inclusive 形 包含的 　　有～傾向、具～特性
enclose [enklóuz] 向內關 及物動 包圍、附在信內	The police have to <u>enclose</u> the criminal's hideout. 警察必須包圍犯人的藏身之處。 👣 enclosure 名 圍住、附件 　　名詞化

exclude [iksklú:d]
向外關

及物動 排除、去除

We must not be a society that likes to exclude minorities from social activities.

我們不能成為喜歡把少數群體排除在社交活動之外的社會。

🐧 exclusion 名 排除
　　　名詞化
🐧 exclusive 形 排擠的、排外的
　　　有～傾向、具～特性

---

disclose [disklóuz]
反方向關閉

及物動 公開、明朗

Yuuji refused to disclose where he got his information.

裕二拒絕公開資訊來源。

🐧 disclosure 名 發表
　　　名詞化
😊 dis 有時也有反對或否定的意思（參閱第72頁）

---

conclude [kənklú:d]
共同關

及物動 做出～結論、締結
不及物動 下結論、結束

I can conclude that our real target is the man residing in that shack over there.

我敢斷定我們真正的目標，是住在那間小屋的男人。

🐧 conclusion 名 結論
　　　名詞化
🐧 conclusive 形 不容懷疑的
　　　有～傾向、具～特性

---

preclude [priklú:d]
向前關

及物動 阻止（某事）、排除

We must preclude the gang culture.

我們必須排除幫派文化。

🐧 ≒ prevent 及物動 防止、阻擋

---

recluse [réklu:s]
向後關

名 隱士 形 隱居的

Sugawara lives a recluse life; he is not one to socialize with others.

菅原過著閉門不出的生活。他不是一個會交際的人。

🐧 ≒ solitary 形 獨自的 名 隱士

---

seclude [siklú:d]
分開關

及物動 使隱居、截斷

She loves to seclude herself from everyone.

她喜歡和每個人保持距離。

🐧 ≒ isolate 及物動 脫離、隔離

😊 preclude, recluse, seclude 其實是很少用的單字。不過若是知道語源，遇到不懂的單字時也猜得出來，相當方便。

fect, fic, fact 製作、做

動詞「make（製作）」「do（做）」之意的語源。名詞fact是從「（誰）做過、去過的事」，形成「事實」的意思。

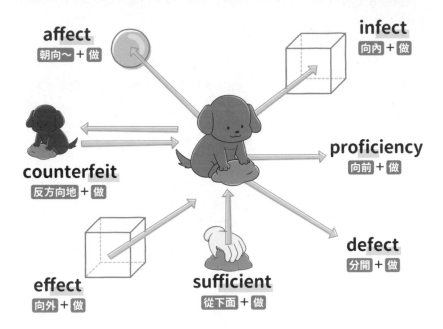

affect
朝向～ + 做

infect
向內 + 做

counterfeit
反方向地 + 做

proficiency
向前 + 做

effect
向外 + 做

sufficient
從下面 + 做

defect
分開 + 做

---

infect [infékt] 向內做 及物動 使感染、受影響	It's really important that we do not go out during the pandemic; we might <u>infect</u> others. 疫情流行期間不要外出真的很重要。說不定會傳染給其他人。
effect [ifékt] 向外做  及物動 生效 名 效果、影響	The hurricane caused a devastating <u>effect</u> to our infrastructure. 颶風對公共基礎建設帶來毀滅性的影響。 ⟡ effective 形 有效的 　有～傾向、具～特性 ⟡ effectiveness 名 有效性 　名詞化

sufficient [səfíʃənt]

從下面做

形 充分的、足夠的

The work you've done is sufficient.
你做的工作夠多了。

* sufficiently 副 足夠地
  形容詞＋ly＝副詞化
* sufficiency 名 充分
  性質、狀態

---

affect [əfékt]

朝向～做

及物動 起作用、受影響、打動

This pandemic is going to affect our economy.
這場疫情影響到我們的經濟。

* affection 名 愛情、好感
  名詞化
* affective 形 感情的
  有～傾向、具～特性

---

defect [difékt]

分開做

名 缺陷、不良

There's a defect in this machine.
這台機器有問題。

* defective 形 不健全的
  有～傾向、具～特性

---

counterfeit [káuntərfit]

反方向地做

形 偽造的

He sold counterfeit goods.
他賣仿冒品。

* ≒ fake 及物動 不及物動 偽造 形 假的

---

proficiency [prəfíʃənsi]

向前做

名 精通、熟練

Shinsuke wanted to improve his proficiency in English.
信介想提升英語的熟練度。

* proficient 形 熟練的 名 行家
  人、物／形容詞化

汪汪筆記

◎ manu 是意味著「手」的語源，manufacture 為「製造」。

◎ sacri 是「神聖的」之意的語源，sacrifice 則有「犧牲、祭品」的意思。

◎ 一起記住下列相關詞彙吧。

　・fact 名 事實

　・factor（or 人、物：名）要素

　・factory（ory 場所等：名）工廠　　・fiction（tion：名）虛構、編造

form 🐾 成形

動詞「form（成形）」之意的語源。form本身是意指「形狀」的名詞。和第66頁 fect, fact, fact 的寓意相似。

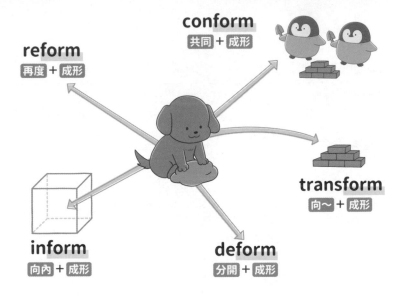

conform
共同 + 成形

reform
再度 + 成形

transform
向～ + 成形

inform
向內 + 成形

deform
分開 + 成形

---

inform [infórm]
向內成形

及物動 不及物動 通知

Mr. Keiji thinks it is better to inform everyone about the party.
京治覺得最好通知大家有關聚會的事。

🐾 information 名 知識、資訊
　　　　　名詞化
🐾 informative 形 提供資訊的
　　　　　有～傾向、具～特性

---

transform [trænsfɔ́:rm]
向～成形

及物動 改變、轉換、變換
不及物動 變形、變換

After the Industrial Revolution 4.0, the way technology works has finally transformed.
經過工業革命4.0，終於改變了技術的操作模式。

🐾 transformer 名 變壓器
　　　　　人、物
🐾 transformation 名 變化、變形
　　　　　名詞化

conform [kənfɔ́rm]
共同成形

不及物動 遵守、遵從
及物動 使遵守

We have to <u>conform</u> to the same ideal.
我們必須遵從共同的理想。

🐾 conformation 名 一致
　　　　　　　　　名詞化

---

deform [difɔ́rm]
分開成形

及物動 使變形、形狀崩壞

The buildings built by our ancestors are slowly beginning to <u>deform</u> and break apart.
我們祖先蓋的建築物，慢慢地變形，開始分崩離析。

🐾 deformation 名 變形、歪斜
　　　　　　　　 名詞化

---

reform [rifɔ́rm]
再成形

名 改革、修正　及物動 改革

I think it is essential to <u>reform</u> the education system to enjoy school more.
為了讓上學更快樂，我認為必須改革教育制度。

🐾 reformer 名 改革者
　　　　　　　 人、物

汪汪筆記

◎ uni是意味著「一個」的語源，uniform的意思是「制服」。翻到第57頁的汪汪筆記，和du（2）, tri（3）, multi（複數）一起記住吧。

◎ plat是意味著「平坦」的語源，
　 platform有「舞台、月台」的意思。

◎ 一起記住「成形」的相關詞彙吧。
　 · form 名 形狀　　 · format 名 格式
　 · formation 名 形成、結構
　 · formal（名＋al：形）死板的、正式的
　 · formally（形容詞＋ly：副）正式地
　 · informal（in否定、名＋al：形）非正式的
　 · formula 名 慣用句、公式

◎ 另外，「perform（做、進行（讓人們開心的事））」當中也有form，但這是從意思不同的語源「furnish, provide（供應）」衍生出來的，不放入本頁。

in, ir, il, im, un, dis, non 🐾 否定

只要把這些放在字首，英語單字就帶有否定或反對的意思。因為常用得到，記住就很方便。

in	
incorrect [ìnkərékt] 形 不正確的	**in + correct** 形 正確的
informal [infɔ́rməl] 形 非正式的	**in + formal** 形 正式的
incapable [inkéipəbl] 形 無能的	**in + capable** 形 有能力的
incredible [inkrédəbl] 形 不可信的	**in + credible** 形 可信的
inaccurate [inækjərit] 形 不正確的	**in + accurate** 形 正確的
inadequate [inædəkwət] 形 不充分的	**in + adequate** 形 充分的
inconsistency [ìnkənsístənsi] 名 不一致	**in + consistency** 形 統一性、一貫性

> 汪汪筆記 ✎
>
> in 也是意味著「向內」的語源（參閱第11頁）。

ir, il, im

illegal [ilíːgəl] 形 違法的	**il + legal** 形 合法的、法律上的
illegible [ilédʒəbl] 形 難認的	**il + legible** 形 易辨認的
irregular [irégjələr] 形 不規則的	**ir + regular** 形 規則的、固定的
immature [ìmətúr] 形 未成熟的	**im + mature** 形 成熟的
irrelevant [iréləvənt] 形 無關的	**ir + relevant** 形 有關的
impossible [impásəbəl] 形 不可能的	**im + possible** 形 可能的
irresponsible [ìrispánsəbəl] 形 沒有責任感的	**ir + responsible** 形 有責任感的

un

unhappy [ʌnhǽpi] 形 不幸的	**un + happy** 形 幸福的
unknown [ʌnnóun] 形 未知的	**un + known** 形 聞名的
unfriendly [ʌnfréndli] 形 不友善的	**un + friendly** 形 溫柔的、友善的
unfinished [ʌnfíniʃt] 形 未結束的	**un + finished** 形 結束的
unavailable [ʌnəvéiləbl] 形 無法利用的	**un + available** 形 可利用的
unreasonable [ʌnrízənəbəl] 形 不合理的	**un + reasonable** 形 合理的
unpredictable [ʌnpridíktəbl] 形 不可預測的	**un + predictable** 形 可預測的

dis

dislike [disláik] 及物動 討厭	**dis + like** 形 喜歡
disclose [disklóuz] 及物動 公開	**dis + close** 及物、不及物動 關閉
disagree [dìsəgrí:] 不及物動 不同意	**dis + agree** 不及物動 同意
disappear [dìsəpíər] 不及物動 消失	**dis + appear** 不及物動 出現
dishonest [disánist] 形 不誠實的	**dis + honest** 形 誠實的
disconnect [dìskənékt] 及物動 切斷～連接	**dis + connect** 及物動 連接
disadvantage [dìsədvǽntidʒ] 名 不利	**dis + advantage** 名 優勢

※「pros and cons（優缺點）」最好也一併記住

汪汪筆記

dis 也是意味著「離開」的語源（參閱第11頁）

non

nonstop [nánstáp] 形 直達的 名 直達車	**non + stop** 及物動 中止 名 停止
nonsense [nánsens] 名 無意義的話	**non + sense** 名 意思、感覺
nonprofit [nànpráfət] 形 非營利的	**non + profit** 名 利益
nonfiction [nànfíkʃən] 名 形 非虛構（的）	**non + fiction** 名 虛構
nonsmoker [nànsmóukər] 名 不吸菸的人	**non + smoker** 名 吸菸者
nonflammable [nànflǽməbl] 形 不易燃的	**non + flammable** 形 可燃的

mis 🐾 錯誤

意味著「錯誤」的 mis 也是常見字首。和前頁的否定字首一起背吧。

mis	
mistake [mistéik] 及物、不及物動 弄錯 名 錯誤	**mis + take** 及物、不及物動 拿取
mislead [mislíd] 及物動 把～帶錯方向	**mis + lead** 及物動 帶路
misspell [mìsspél] 及物動 拼錯	**mis + spell** 及物動 拼字、寫對
misconduct [miskándʌkt] 名 不規矩	**mis + conduct** 名 行為 及物動 實行
misinterpret [mìsinté:prit] 及物動 誤解	**mis + interpret** 及物動 解釋、口譯
mistranslation [mìstrænsléiʃən] 名 誤譯	**mis + translation** 名 翻譯
misunderstand [mìsʌndərstǽnd] 及物、不及物動 誤會	**mis + understand** 及物、不及物動 理解

fore, out, over, under, post
位置、方向

除了目前介紹的字首外，還有幾個表示位置或方向的代表性字首。這邊只列出常用字，一起記住吧。

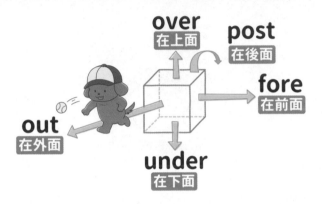

fore　在前面	
foretell [fortél] 及物動 預言	**fore + tell** 及物動 說
foresee [forsí:] 及物動 預見	**fore + see** 及物動 看
forecast [fórkæst] 及物動 預測、預報 (氣象報告等) 不及物動 預知 名 預料、預測	**fore + cast** 及物、不及物動 投擲 名 投
foresight [fórsàit] 名 先見之明	**fore + sight** 名 視力、視覺
foreword [fó:wè:d] 名 序、前言	**fore + word** 名 單字
forefront [fórfrʌnt] 名 最前線	**fore + front** 名 前面
forefather [fórfàðər] 名 祖先 (主要是男性)	**fore + father** 名 父親

over　在上面

overestimate [動òuvəréstəmeit 名óuvəréstəmeit] 及物動 對～評價過高 名 評價過高	**over + estimate** 及物動 估價 名 估價
overwork [動òuvərwə́:rk 名óuvərwə̀:rk] 及物動 工作過度 名 過勞	**over + work** 不及物動 工作 名 工作
overcrowd [òuvərkráud] 及物動 使擁擠 不及物動 擁擠	**over + crowd** 名 人群 及物動 聚集
overcome [òuvərkʌ́m] 及物動 超越	**over + come** 不及物動 來
overtake [òuvərtéik] 及物動 趕上	**over + take** 及物動 拿取
overreact [òuvərriǽkt] 不及物動 反應過度	**over + react** 不及物動 反映
overflow [òuvərflóu] 及物動 使～溢出 不及物動 洋溢 名 洪水	**over + flow** 不及物動 流動 名 水流

under　在下面

underestimate [動ʌndəréstəmèit 名ʌndəréstəmət] 及物、不及物動 低估 名 低估	**under + estimate** 及物動 估價 名 報價
underage [ʌndəréidʒ] 形 未成年的	**under + age** 名 年齡
undertake [ʌndərtéik] 及物動 著手進行、接受	**under + take** 及物動 拿取
underground [ʌndərgràund] 形 地下的 副 在地下 名 地下	**under + ground** 名 地面
understand [ʌndərstǽnd] 及物、不及物動 理解	**under + stand** 不及物動 站立 及物動 忍耐、豎立
undermine [ʌndərmáin] 及物動 在～下面挖掘	**under + mine** 及物動 挖掘、 開採
undergraduate [ʌndərgrǽdʒuət] 名 大學生	**under + graduate** 名 畢業生

out 在外面

outcome [áutkʌm] 名 結果、成績	**out + come** 不及物動 來
outdoor [àutdór] 形 戶外的	**out + door** 名 門
outline [áutlàin] 名 輪廓、摘要	**out + line** 名 線
output [áutpùt] 名 生產、輸出	**out + put** 及物動 放置
outside [àutsáid] 名 外側	**out + side** 名 旁邊
outbreak [áutbrèik] 名 爆發	**out + break** 及物動 毀壞
outstanding [àutstǽndiŋ] 形 出眾的	**out + standing** 形 站著

> **汪汪筆記**
>
> out 也有「超過」的意思，如 outnumber（及物動 超過數量）或 outweigh（及物動 超重）。

post 在後面

postwar [póustwòr] 形 戰後的	**post + war** 名 戰爭
postpone [poustpóun] 及物動 延期	**post + pone** 意指「放置」的語源 （參閱第50頁）
postscript (P.S.) [póustskrìpt] 名 (信件) 後記	**post + script** 及物動 寫 名 腳本 意指「書寫」的語源 （參閱第16頁）
postgraduate [pòus(t)grǽdʒuət] 形 大學畢業後的	**post + graduate** 名 畢業生 不及物動 畢業
postoperative [pəustópərətiv] 形 術後的	**post + operative** 形 手術的、 操作的

名詞字尾

銜接在英語單字後面的字尾，有表示單字意義、詞性變化的功能。以下介紹讓英語單字成為名詞的字尾。

NOUNS

er, or　從事者、物	
tester [téstər] 名 樣品	**test + er** 名 測試
writer [ráitər] 名 作家	**write + er** 及物、不及物動 書寫
visitor [vízətər] 名 訪客	**visit + or** 名 訪問
governor [gʌ́vərnər] 名 縣市長	**govern + or** 及物動 統治、管理
creator [kriéitər] 名 創作家	**create + or** 及物動 創作
director [dərέktər] 名 主管、董事	**direct + or** 及物動 經營
translator [trænsléitər] 名 譯者	**translate + or** 及物動 翻譯

ant, ent　執行者

assistant [əsístənt] 名 助理	**assist + ant** 及物動 幫助
applicant [ǽplikənt] 名 申請人	**apply + ant** 不及物動 申請
immigrant [ímigrənt] 名 移民	**immigrate + ant** 不及物動 遷入
accountant [əkáuntənt] 名 會計師	**account + ant** 不及物動 報帳、說明
opponent [əpóunənt] 名 競爭對手 形 對立的	**op** + **pose** + **ent** 意指「相反地」的字首　意指「放置」的語源（參閱第50頁）
president [préz(i)dənt] 名 總統	**preside + ent** 不及物動 主持
resident [rézidənt] 名 居民 形 居住的	**reside + ent** 不及物動 居住

汪汪筆記

ant, ent 除了「執行者」外，
也可用來表示「事物」或形容詞。

-ant, -ent　不當「執行者」用時	
component [kəmpóunənt] 名 構成要素 形 構成的	**com**（共同的）+ **pose**（放置）+ **ent**（物）
pendant [péndənt] 名 掛飾	**pend**（垂掛）+ **ant**（物）
fluent [flú:ənt] 形 流利的	**flu**（流淌）+ **ent**（形容詞化）
independent [ìndipéndənt] 形 獨立的 名 獨立的人	**in**（否定）+ **depend**（搖擺不定） + **ent**（形容詞化）
distant [dístənt] 形 遠離的	**dis**（分離）+ **st**（站立）+ **ant**（形容詞化）
significant [signífikənt] 形 重要的	**sign**（記號）+ **fy**（做～）+ **ant**（形容詞化）
current [ké:rənt] 形 現在的、現行的 名 流動	**cur**（跑）+ **ent**（形容詞化）

ee （接受動作者）

employee [emplɔ́ii] 图 員工	**employ + ee** 及物動 僱用
interviewee [ìntərvju:í:] 图 面試者	**interview + ee** 及物動 **面試** 图 面試
committee [kəmíti] 图 委員會	**commit + ee** 及物動 委託
trainee [treiní:] 图 受訓者	**train + ee** 及物動 訓練

ist　執行者、專家、主義者

artist [ártist] 图 藝術家	**art + ist** 图 藝術
dentist [déntəst] 图 牙醫	**dent + ist** 意指「牙齒」的語源
egoist [í:gouist] 图 利己主義者	**ego + ist** 图 自我、自己
tourist [túərist] 图 觀光客	**tour + ist** 图 旅行

ship　是～（狀態等）

citizenship [sítizənʃip] 图 市民身分	**citizen + ship** 图 市民
leadership [lí:dərʃip] 图 領袖者的地位、領導能力	**leader + ship** 图 領袖
partnership [pártnərʃip] 图 合夥關係	**partner + ship** 图 夥伴
friendship [fren(d)ʃip] 图 友情	**friend + ship** 图 朋友
hardship [hárdʃip] 图 困難、艱苦	**hard + ship** 形 難的、困難的

ics ～學

economics [èkənámiks] 名 經濟學	economic + (ic)s 形 經濟的
electronics [ìlektrǽniks] 名 電子學	electronic + (ic)s 形 電子的
mathematics [mæ̀θəmǽtiks] 名 數學	mathematic + (ic)s 形 數學的
ethics [éθiks] 名 倫理學	ethic + (ic)s 名 倫理
statistics [stətístiks] 名 統計學	statistic + (ic)s 名 統計數據
genetics [dʒənétiks] 名 遺傳學	genetic + (ic)s 形 遺傳的
dynamics [dainǽmiks] 名 動力學	dynamic + (ic)s 形 動力的

al　動詞名詞化

disposal [dispóuzəl] 名 處理	dispose 及物動 配置 不及物動 處置
proposal [prəpóuzəl] 名 提案	propose 及物動 提議
removal [rimú:vəl] 名 除去	remove 及物動 消除 不及物動 移動
approval [əprú:vəl] 名 同意、認可	approve 及物動 贊成
refusal [rifjú:zəl] 名 拒絕	refuse 及物動 拒絕

> **汪汪筆記**
> 和名詞後面銜接 al 的情況（參閱第85頁）比較看看。

常見的名詞字尾表

tion, sion	**formation** [fɔrméiʃən] 名 構成
	mission [míʃən] 名 任務
ency, ancy	**consistency** [kənsístənsi] 名 一致
	redundancy [ridʎndənsi] 名 多餘
ence, ance	**reference** [réfərəns] 名 參考
	resistance [rizístəns] 名 抵抗
ness	**kindness** [káindnəs] 名 溫柔
ment	**advertisement** [ǽdvərtáizmənt] 名 廣告
ure	**departure** [dipártʃər] 名 出發
ty	**difficulty** [dífIkʌlti] 名 困難
th	**width** [wídθ] 名 寬度
ent, ant	**president** [préz(i)dənt] 名 總統
	assistant [əsístənt] 名 助理
or, er	**visitor** [vízətər] 名 訪客
	tester [téstər] 名 樣品
ee	**employee** [emplɔ́ii] 名 員工
ist	**artist** [ártist] 名 藝術家
ship	**citizenship** [sítizənʃip] 名 市民身分
ics	**economics** [èkənámiks] 名 經濟學
al（動詞＋al）	**disposal** [dispóuzəl] 名 處理

形容詞、副詞字尾

以下整理了英語單字的形容詞及副詞字尾。參考列舉出的單字，了解字尾的作用吧。

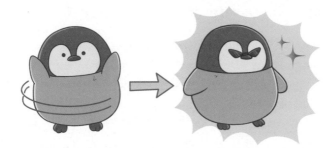

ous　握有、充滿	
industrious [ɪndʌ́striəs] 形 勤奮的	**industry + ous** 名 產業、勤奮
suspicious [səspíʃəs] 形 可疑的	**suspect + ous** 及物動 疑心
dangerous [déɪndʒərəs] 形 危險的	**danger + ous** 名 危險
numerous [njúmərəs] 形 很多的	**number + ous** 名 數字
spacious [spéiʃəs] 形 寬敞的	**space + ous** 名 場所
continuous [kəntínjuəs] 形 連續的	**continue + ous** 不及物動 繼續 及物動 使繼續
monotonous [mənátənəs] 形 單調的	**monotone + ous** 名 單調
humorous [hjú:mərəs] 形 具幽默感的	**humor + ous** 名 幽默

ive　有～傾向、具～特性

prospective [prəspéktiv] 形 未來的、預期的	**prospect** + ive 名 預料、前景
respective [rispéktiv] 形 各自的	**respect** + ive 及物動 尊敬 名 方面
subjective [səbdʒéktiv] 形 主觀的	**subject** + ive 名 主題、主詞
objective [əbdʒéktiv] 形 客觀的 名 目的	**object** + ive 名 物體、客觀
distractive [distrǽktiv] 形 分心的	**distract** + ive 及物動 分心

汪汪筆記

雖然大部分是形容詞，但也有名詞的實例。

- perspective 名 觀點、看法
- adjective 名 形容詞
- objective 名 目的 形 客觀的

able　能夠

suitable [sútəbəl] 形 適合的	**suit** + able 及物動 適合
available [əvéiləbl] 形 可用的	**a(d)** + **vail** + able 意指「朝 意指「值得」 向～」的語源 的語源
wearable [wérəbəl] 形 可穿戴的	**wear** + able 及物動 穿戴
considerable [kənsídərəbl] 形 應該考慮的	**consider** + able 及物動 考慮
acceptable [ækséptəbl] 形 可接受的	**accept** + able 及物動 接受
understandable [ʌndərstǽndəbl] 形 可理解的	**understand** + able 及物動 了解
interchangeable [ìntərtʃéindʒəbl] 形 可交換的	**interchange** + able 及物動 交換

ful　充滿～

useful [jú:sfl] 形 有用的	**use + ful** 及物動 使用
careful [kéərfl] 形 小心的	**care + ful** 名 擔心、留意
fruitful [frú:tfl] 形 豐收的	**fruit + ful** 名 水果 不及物動 結果
helpful [hélpfl] 形 有用的、有益的	**help + ful** 及物動 有用、幫助
harmful [hármfl] 形 有害的	**harm + ful** 及物動 危害
powerful [páuərfl] 形 強而有力的	**power + ful** 名 力量
meaningful [mí:niŋfəl] 形 有意圖的、有意義的	**meaning + ful** 名 意義

less　不～

useless [jú:sləs] 形 無用的	**use + less** 及物動 使用
careless [kéərləs] 形 粗心的	**care + less** 名 擔心、留意
fruitless [frú:tləs] 形 無益的	**fruit + less** 名 水果 不及物動 結果
helpless [hélpləs] 形 行動不便的	**help + less** 及物動 有用、幫助
harmless [hármləs] 形 無害的	**harm + less** 及物動 危害
powerless [páuərləs] 形 無力的	**power + less** 名 力量
meaningless [mí:niŋləs] 形 無意義的	**meaning + less** 名 意義

ward, wise　方向

likewise [láikwàiz] 副 同樣地	**like + wise** 形 類似的
clockwise [klákwàiz] 形副 順時針的	**clock + wise** 名 時鐘
otherwise [ʌðərwàiz] 副 不然	**other + wise** 形 其他的
forward [fɔ́:rwərd] 副 向前地 形 前面的	**for ＋ ward** 意味著「向前」的語源
awkward [ɔ́kwərd] 形 笨拙的	**awk ＋ ward** 意味著「做作」的語源
afterward [ǽftəwərdz] 副 之後	**after + ward** 介副 以後
northward [nɔ́rθwərd] 副 向北 形 向北的	**north + ward** 名 北方

> **汪汪筆記** ✐
> wise也可以表示「就～而言」。
> ・time-wise 副 就時間而言
> ・money-wise 副 就金錢而言

al　名詞形容詞化

central [séntrəl] 形 中心的	**center + al** 名 中心
logical [ládʒikəl] 形 合理的	**logic + al** 名 邏輯
cultural [kʌ́ltʃərəl] 形 文化的	**culture + al** 名 文化
accidental [æksidéntəl] 形 偶然的	**accident + al** 名 偶然

> **汪汪筆記** ✐
> 和動詞後面銜接al的情況（參閱第80頁）比較看看。

常見的形容詞字尾表

ive	**extensive** [iksténsiv] 形 寬敞的
ous	**industrious** [indʌ́striəs] 形 勤奮的
able	**respectable** [rispéktəbl] 形 可敬的
ful	**respectful** [rispéktfəl] 形 尊敬的
less	**careless** [kéərləs] 形 粗心的
al（名詞＋al）	**central** [séntrəl] 形 中心的
ic	**academic** [æ̀kədémik] 形 學術的

汪汪筆記

以 ly 結尾的不僅限於副詞。ly 是把名詞轉變成形容詞，形容詞轉變成副詞的字尾。下列是以 ly 結尾的形容詞範例。

· friendly（可靠的）

· lively（活潑的）

· likely（可能的）

· daily（每日的）

· costly（昂貴的）

· lovely（可愛的）

動詞字尾

以下整理出讓英語單字變成動詞的字尾。和到目前為止介紹的字尾一併記下來吧。

常見的動詞字尾表

en	**strengthen** [stréŋkθn] 及物動 鼓勵
ate	**accelerate** [əksélərèit] 及物動 加速
ise, ize	**advertise** [ǽdvərtàiz] 及物動 宣傳
	finalize [fáinəlàiz] 及物、不及物動 結束
fy	**identify** [aidéntəfài] 及物動 確認

汪汪筆記

fy也有「～化」的意思。

· diversify 及物動 多樣化

· justify 及物動 合法化

· simplify 及物動 簡化

· liquefy 及物、不及物動 液化

讓學習英語變成習慣的三個方法

學英語最重要的是「持續學習」。

不過，對沒有讀書習慣的人而言，持續學習真的很難。在此傳授三個養成學習習慣的有效方法。

●踏出一小步

在開始用功前，會不會先設定遠大的目標或難以實施的計畫？當心中燃起「好吧！要認真了！」的壯志時，這些看起來都像是可以達成的目標或計畫，可是在幾天後會是如何？幾個月後又是怎樣呢？

首先，為了踏出第一步，先訂個小目標或計畫吧。若沒有讀書習慣，最重要的是盡可能維持每天用功一小時。就算工作再累，應該也能抽出一小時讀書吧。

然後設定讀書時間範圍內能達成的目標或計畫。等到習慣後再慢慢地增加學習的時間。

●目標明確

要學英語會話，還是在 TOEIC 拿高分，學習內容會依目的而異。舉例來說，若是為考試而讀書，背越多英語單字越有利。如果陌生的單字太多就無法解題。

若是英語會話，能把多少單字「**歸納成可用的類型並輸入**」顯得相當重要。在接下來的章節中，主要會介紹如何活用國中程度的英語單字。

●設定更明確的計畫

只有「每天讀三十分鐘的英語文法」、「每天上線學英語會話」等的規劃是不夠的。

建議如下所示**和地點、時間做連結，讓學習變成一種習慣**，讓學習不再痛苦。

容易養成習慣的計畫擬定範例

・下班途中到常去的咖啡館讀一小時的文法。
・回到家稍作休息後，坐在書桌前進行線上英語會話課。
・睡前在沙發或床上朗讀單字卡。

第2章

介系詞、副詞篇

掌握常用介系詞、副詞的圖像語
感，就能輕鬆記住片語。對提升第
3章動詞篇的解析能力也有幫助。
了解左頁介紹的基本意思，留下印
象的同時記住右頁的片語吧。

at 🐾點

at表示「點」。用法相當廣泛。不僅是時間或地點，也可用於對象或狀態。

時間、地點的點	對象的點	狀態的點

at the station
在車站

at 9:00 a.m.
在上午9點

Don't worry, I'll be at the station at 9.00 a.m. to pick you up.
不用擔心，早上9點會到車站接你。

be good at
擅長

I have to tell you, your brother is good at chess; he can beat me within a minute!
我先告訴你，你哥哥的西洋棋很厲害，他可以在一分鐘內贏我。

make oneself at home
放輕鬆

Feel free to make yourself at home.
請不要客氣，放輕鬆。

汪汪筆記 ✎ 這種情況下也可用at。

價格 Daiso sells various items at a low price.
大創以便宜價格販售多種商品。

速度 Most bullet trains operate at 100 kilometers per hour.
多數新幹線以每小時100公里的速度行駛。

溫度 The weather in Boracay today is hot at 30 degrees Celsius.
今天長灘島很熱，氣溫是攝氏30度。

● 必背的 at 片語

at first	**aim at**	**at a loss**
起初	瞄準	困惑
at last	**look at**	**at work**
終於	看向	工作中
at someone's convenience	**laugh at**	**at ease**
在（某人）方便時	嘲笑	放輕鬆、自在
at most	**be surprised at**	**at risk**
最多	令人驚訝	置身險境
at least	**arrive at**	**at first hand**
至少	抵達	第一手的

on ❤ 接觸

on表示「接觸」。除了表示在什麼上面接觸外，也可用於和時間、對象、狀態間的接觸。

和時間、地點的接觸	和對象的接觸	和狀態的接觸

例 on Sunday
在星期天

例 on the table
在桌子上

例 rely on
依賴

例 on sale
拋售、打折

The book is on the table, please get it for me.

請給我那本放在桌上的書。

I hate relying on others, but this time I need your help.

我討厭依賴別人，但這次必須借助你的力量。

Did you know the shoes are now on sale?

你知道那雙鞋正在打折嗎？

汪汪筆記 ✏ 這種情況下也可用 on。

在天花板 What is made of glass and hung on the ceiling?

掛在天花板的玻璃製品是什麼？

旁邊 Put these on the right side.　　**請客** It's on me.

把這些放在右邊。　　　　　　　　　我請客。

● 必背的 on 片語

go on	depend on	on a diet

繼續前進	仰賴	減肥中
work on	live on	on purpose

處理	賴以為生	故意地
on schedule	try on	on the other hand

如期	試穿	另一方面
on time	on business	on the same page

準時	因公事	想法相同
on my way	on duty	on the verge of

在路上	上班中	即將～

in 裡面

in表示「裡面」。不僅是地點，也適用位於時間、對象、狀態之內。

時間、地點裡面	對象裡面	狀態裡面
例 **in June** 6月 例 **in the station** 在車站	例 **step in** 踏入、干涉	例 **in trouble** 處於困境

His brother is in the station right now.
他弟弟現在剛到車站。

It looks like they are fighting. We should step in and break it up.
好像有人在打架。我們應該介入並制止他們。

My friend's company has been in trouble due to the pandemic.
我朋友的公司因為疫情陷入困境。

汪汪筆記 這種情況下也可用in。

之後 I'll be there in an hour; you wait.
一小時後出發。等我一下。

服裝 She really does look beautiful in that pink floral dress.
她穿著粉紅色的碎花洋裝，真漂亮。

領域 There's always the spirit of competition in marketing.
市場行銷上常有競爭精神。

● 必背的 in 片語

in Japan	**in English**	turn **in**

在日本	用英語	進入、提出
in the morning	**in the red**	come **in**
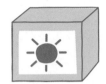	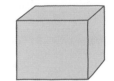	
在早上	虧損	進入
in winter	**in a word**	break **in**
	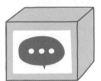	
在冬天	總而言之	闖入
in order	**in my opinion**	specialize **in**

按順序	就我看來	專攻
in a hurry	**in the long run**	bring **in**

匆忙地	長期來看	使參加、帶來

off 分開

off表示「分開」。不僅是地點，也適用於從時間、對象或狀態分開的情況。

和時間、地點分開	和對象分開	狀態上的分開

例 day off
非工作日、
假日

例 put off
延期、遠離

例 off the hook
脫離險境

例 off the table
不在討論範圍內

You know what? You should take the day off, and you deserve it.
你知道嗎？你那天應該請假，好好地休息。

Hayato wants to put off the meeting until next week.
隼人希望會議延到下週。

Just when he thought he was off the hook, the gangsters found him.
就在他覺得已經逃離險境時，被歹徒發現了。

汪汪筆記 這種情況下也可用 off。

出發 Alright, I'm off to get some milk. I'll be back at night.
那我去買牛奶了。晚上會回來。

打折 Hear ye, hear ye! Old man Sheen has all of his items at fifty percent off!
各位聽好。Sheen 大叔所有的商品打五折！

● 必背的 off 片語

get off （從公車或捷運）下車	**give off** 發出	**take off** 起飛
lay off 解僱	**turn off** 停止、關掉	**call off** 取消
shut off 關掉（機器、自來水等）	**come off** 脫落、掉落	**off the point** 不得要領
keep off 隔離	**cut off** 切斷、中止	**off the mark** 偏離目標
leave off 停止（工作、談話等）	**see off** 目送	**off the record** 禁止發表的

by 接近

by表示「接近」。不僅是地點，也可用來表示接近某個時間、方法或對象。

和時間、地點接近

例 **by the window**
在窗邊

例 **by tomorrow**
明天以前

That old man has been sitting by the window for days now.

那位老爺爺已經坐在窗邊好幾天了。

和方法接近

例 **by bus**
搭公車

例 **by e-mail**
用電子郵件

Make sure you send your homework at 10 p.m. sharp by e-mail.

務必在晚上10點整用 email 寄出作業。

和對象接近

例 **stand by**
站在旁邊

Stand by that wall; I'll check your height.

請站在牆邊，我要檢查身高。

汪汪筆記 這種情況下也可用 by。

單位 The fishmonger weighs his fish by the kilo.

魚店以公斤為單位秤重。

尺寸 The farm will be around 100 meters by 200 meters.

農地面積約是100m×200m。

乘法、除法 If you multiply 2 by 2, you get 4.

2乘以2等於4。

差額 Mayor Bob lost the election by only ten votes.

Bob市長僅以十票之差敗選。

● 必背的 by 片語

## drop by  順路去	## by accident  偶然地	## by day 白天
## pass by  過去	## by nature  生性	## catch someone by the arm 捉住（某人）的手臂
## by way of 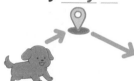 經由～	## by any chance  萬一	## word by word  一字一字地
## by means of  用～方法	## by law  根據法律	## little by little  漸漸地
## by all means 無論如何	## by mistake  搞錯	## day by day  日復一日

out 向外

out表示「向外」。不過，不僅是「往外面」，有時候也用於沒有（外出）或想到。

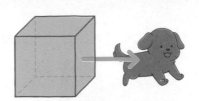

| 到外面 | 沒有 | 找到、想到 |

例 **eat out**
外食

例 **I'm out.**
我不參加

例 **run out of time**
沒時間

例 **figure out**
理解

My boyfriend told me we should <u>eat</u> <u>out</u> today.

我男朋友對我說今天應該外出用餐。

We have to hurry or else we will <u>run</u> <u>out</u> of time.

我們不趕快的話就沒時間了。

I'm trying to <u>figure</u> <u>out</u> if my answers were wrong.

我在想自己有沒有答錯。

汪汪筆記

out後面經常接of來使用，「our of（從～到外面）」。

● 必背的 out 片語

Get out!	watch out	out of order
	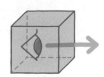	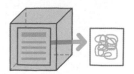
出去！	小心	故障
turn out	point out	out of date
	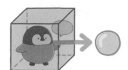	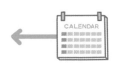
結果證明是～	指出	過時的
break out	carry out	out of control
	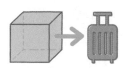	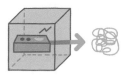
（突然）發生	執行	失控
hand out	sold out	out of the blue
	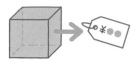	
分配	售完	突然
stand out	hang out	stay out of

顯眼	閒逛	不介入

over 越過

out表示「越過」。不僅是地點，也可以越過時間或對象。也能用來表示覆蓋之意。

越過時間、地點

例 **over the bridge**
過橋

例 **over the weekend**
整個週末

Mika went skydiving over the weekend.
Mika 週末去跳傘。

越過對象

例 **jump over**
跳過

例 **look over**
瀏覽、越過～看

I looked over my shoulders and saw a guy staring at me.
我越過肩膀回頭看，發現有一個男人正盯著我。

覆蓋

例 **cover over**
遮蓋

She put a cover over her car.
她用罩子蓋住車。

汪汪筆記 這種情況下也可用 over。

一邊～一邊～ How about we discuss this over coffee?

要不要一邊喝咖啡一邊討論這個？

結束 The test is over.

考試結束了。

● 必背的 over 片語

get over	run over	over the speed limit

超過	被車子壓到	超速

take over	hung over	over the phone

繼承	宿醉不舒服	用電話

turn over	trip over	all over

翻轉	絆倒	到處

hold over	over the hill	over there

延後	過了巔峰期	在那裡

hand over	over the moon	over here

面交、轉讓	非常高興	在這裡

under 🐾 之下、覆蓋

under有「之下」、被什麼「覆蓋」的意思。不僅是事物，也可表示在某種影響或數據下。

在事物下

例 **under the tree**
樹下

例 **under the cover**
布罩下

Mao and her friends picnicked under the tree, facing the sea.
真央和朋友們一邊看海一邊在樹下野餐。

影響之下

例 **under stress**
在壓力之下

例 **under control**
在控制之下

We need to bring this ship under control, or we might crash into an iceberg!
如果不控制好這艘船，或許會撞上冰山。

數據之下

例 **20 years old or under**
20歲以下

20歲

People 20 years old or under can't enter this establishment.
20歲以下的人不能進入這個機構。

汪汪筆記 🖋 這種情況下也可用 over。

年齡 Underage people could not buy alcohol and smoke.
未成年人不能買酒也不能吸菸。

條件 Chinny could not go out with us since he was feeling under the weather.
Chinny身體不舒服，所以不能和我們一起出門。

影響 The driver was arrested for driving under the influence of alcohol.
司機因酒駕而遭到逮捕。

●必背的 under 片語

go under 沉沒、失敗	**under the circumstances**  在這種條件下	**under the gun**  迫不得已
come under  受到	**under the law** 根據法律規定	**under wraps**  保密
take someone under one's wing 照顧（某人）	**under way** 進行中	**under the skin**  在皮下
under construction  興建中	**under repair**  整修中	**water under the bridge** 事過境遷
under consideration 考慮中	**under arrest** 被逮捕	**under the table**  以不正當的手段

above / below
在標準線的上下

把 above／below 當成「在標準線的上下」，比較容易記住用法。作為標準線的延伸，也可用來表示視線或位置的上下。

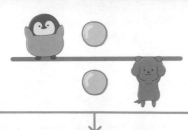

標準的上下	視線的上下	位置的上下

例 **above** average
在平均以上

例 **below** budget
低於預算

例 **above** sea level
海平面以上

例 **below** the horizon
地平線以下

例 mentioned **below**
如下所示

That man's performance is way <u>above average</u>.
那位男士的表現超出平均水準。

A terrain is counted as a mountain if its height is 180m <u>above sea level</u>.
海拔高度180m的地形可視為山地。

Please follow the instructions <u>mentioned below</u>.
請依照下列說明。

We should definitely go on this trip. It is <u>below our budget</u>.
我覺得這趟旅行一定要去。旅費低於我們的預算。

The ship sailed 'til it disappeared <u>below the horizon</u>.
船向前航行直到消失在地平線以下。

● 以下、未滿、以上、超過的表現

以下：（數字）+or under,（數字）+or below,（數字）+or less

例 You must be 10 or under to receive a free meal.
只有10歲以下的兒童才能免費用餐。

未滿：under+（數字）, below+（數字）, less than+（數字）

例 Children under 3 are allowed to enter the playpen.
未滿3歲的孩童可以進入遊戲圍欄。

以上：（數字）+or above,（數字）+or over,（數字）+or more

例 We only allow those who are 50 inches or above.
只允許50英吋以上的人。

超過：above+（數字）, over+（數字）, more than+（數字）

例 You can only join this competition if you are above 10 years old.
超過11歲的人才能參加這場比賽。

汪汪筆記 這種情況下也可用 above ／ below。

最好 "The hostages should be safe above all else," said the police chief.
警察署長說「人質平安無事最重要」。

卑鄙 Hajime doesn't like fighting below the belt.
Hajime 比賽時不喜歡用卑鄙的手段。

冰點以下 Antarctica is one of the places where the temperature is
below the freezing point.
南極大陸是溫度低於冰點的地點之一。

107

up 上

up表示「上面」。達到極限、靠近（好像來到上面）等的情況也可以用up。

向上、上升

例 **look up to**
尊敬

例 **climb up**
向上爬

Climb up the stairs carefully, okay?
上樓梯要小心喔。

達到極限

例 **give up**
放棄

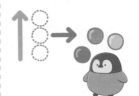

I may be beaten up, but I will not give up!
或許會很慘但我不放棄！

靠近

例 **show up**
出現

Hiku will be at the foot of the mountain, so be sure to show up on time.
Hiku會在山腳下，請準時過來。

汪汪筆記 這種情況下也可用up。

結束 Time is up.
時間到了。

出現 What's up?
最近如何？ 😊 可當招呼用語。

完成 I didn't cheat in the exams! Someone must have set me up!
我沒有作弊！一定是有人陷害我！

● 必背的 up 片語

go up	stay up	clean up
上升、增長	熬夜	掃乾淨

bring up	grow up	eat up
談到、提出來	長大	吃完

keep up	thumbs-up	build up
維持	同意、贊成	築起

pick up	make up	catch up with
撿起	做成	追上

wake up	stand up	keep up with
起床	站起來	跟上不要落後

down 🐾 下

down 表示「向下」。往低處、離去（推移至消失）的情況也可以用 down。

向下、降落	往低處	離去

例 look down on
輕視

例 fall down
掉落

例 calm down
冷靜下來

例 go down
下來

Go down this street and turn right.
請沿著這條路走，然後右轉。

The law of gravity was discovered after Issac Newton saw an apple fall down.
牛頓看到蘋果掉落後發現萬有引力定律。

Calm down. The giant isn't going to find us.
安靜！巨人沒有發現我們。

☺ down 和 up「接近」相反，意味著「離去」，就算不在斜坡上，也可以用 go down。例句中用來表示從（此處）離開的意思。

汪汪筆記 ✐ 這種情況下也可用 down。

腳踏實地 Kanechi is such a down-to-earth guy.
Kanechi 是很務實的人。

低落 Don't let me down.
不要讓我失望。

向下 The nail that sticks out gets hammered down.
敲打突出來的釘子。

turn down

拒絕、調低

lie down

躺下

narrow down

越來越小

hold down

壓低、抑制

lay down

使躺下

feel down

悶悶不樂

step down

下來、辭職

shut down

關閉

break down

故障

cut down

削減

take down a note

抄筆記

get down to

認真做、開始做

sit down

坐下

tear down

拉下、拆除

down to the wire

直到最後

beyond 超過

beyond 表示「超過」。也能用來表示超出能力、範圍等情況。

到對面	超出能力	超出範圍

例 to infinity and beyond
超越無限

例 beyond the mountain
山的另一邊

例 beyond me
我不懂

例 beyond the limit
超出限度

The village you are looking for is beyond the mountain.
你要找的村落在山的另一邊。

It's too complicated. It's beyond me.
那太複雜了。我完全不行。

We should push ourselves and go beyond the limit.
我們應該鞭策自己，超越極限。

汪汪筆記 這種情況下也可用 beyond。

遠比 Aoi likes to go above and beyond when it comes to achieving her goals.
對於自我目標的達成，葵喜歡超出預期的結果。

前方 Nishiki paused and told Anna to look beyond.
Nishiki 稍作休息，告訴 Anna 要往遠處看。

以後 I think the country will grow from 2021 and beyond.
我認為那個國家 2021 年以後成長可期。

● 必背的 beyond 片語

beyond belief	**beyond** question	**beyond** the reach of

難以置信的	毫無疑問	力所不及
beyond description	**beyond** suspicion	**beyond** someone's imagination

言語無法表達	無庸置疑	超出某人的想像
beyond words	**beyond** the scope of	**beyond** the sea

言語無法形容	超出～的範圍	在海外
beyond comparison	**beyond** human knowledge	far **beyond** sight

無與倫比	超出人類知識的範疇	視線之外
beyond control	**beyond** recognition	go far **beyond**

無法控制	無法判斷	遠超過～

across 穿過

across 表示「穿過」。不僅是地點，也可用於穿越人事物、或念頭一閃而過。

穿過地點	穿越人事物	念頭一閃而過
例 **across the road** 穿過馬路	例 **run across** 偶遇	例 **come across** 浮現（想法等）

We had to go across the road to reach the shop.
我們必須穿越馬路才能到達那家店。

Kageyama ran across Asahi on the streets while he was on a jog.
景山慢跑時遇到旭。

A good idea came across my mind.
我想到一個好主意。

汪汪筆記 這種情況下也可用 across。

對面 My mom told me to sit across the table.
　　　 媽媽叫我坐在桌子的對面。

對面 Osamu told me that the ball was right across the room.
　　　 阿治跟我說球在房間的正對面。

超越 The technology has changed across generations.
　　　 科技的改變超越了世代。

● 必背的 across 片語

go across	put across	across from
		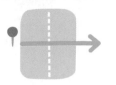
橫越	有效地傳達	到～的對面
walk across	get across	across cultures

走到對面	使人理解	超越文化
jump across	spread across	across country

跳過	散布	穿過鄉下
swim across	cut across	across the country

游過	橫越	全國
reach across	stumble across	across the board

跨過～互相理解	偶遇	全面地

along 沿著

along 表示「沿著」。不僅是地點，也可用於順著人事物或想法。

沿著地點	順著人、物	順著想法

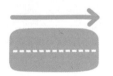
例 along the street
沿街

例 get along with
和（某人）相處融洽

例 along the lines of
按照（主題、計畫）

Satsuki rode a bike along the street.
Satsuki 在街上騎腳踏車。

Everyone in class gets along with the professor.
班上所有人都和教授相處融洽。

The client wanted something along the lines of poetry.
客戶要求類似詩歌的主題。

汪汪筆記 這種情況下也可用 along。

途中 Can you grab some almond milk along the way?
路上要喝杏仁奶嗎？

同行 I went along for the ride since it seemed fun.
好像很好玩，我也一起去吧。

進行 Move along, please.
（不要停下來）請繼續走。

● 必背的 along 片語

along with

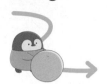

和～一起

come along

進展順利、進步

bring along

帶來

go **along** with

跟隨、合作

pass along

傳遞

all **along**

始終

tag along

尾隨

talk along

接著講

all **along** the line

（塞車等）全部一起

play **along** with

配合某人

inch **along**

緩慢前進

along the wall

沿著牆壁

sing **along** to

跟著一起唱

walk **along**

（向前）走

along the beach

沿著海邊

through 通過

through表示「通過」。不僅是地點，也能用來表示經過某段時間、經驗或事物。

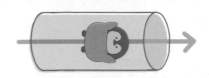

通過時間、地點

例 **through the door**
通過門

例 **through the night**
經過一夜

Through the night, I find myself relaxed with a warm drink.

等我發現時，已經喝了整夜的熱飲放鬆精神。

經由～經驗

例 **through to the end**
進行到底

Watching it through to the end, the movie was pretty good.

看到最後會發現那真是部好電影。

透過

例 **through our friend**
透過共同的朋友

Through our friend, we were able to enter the store.

我們透過朋友才能進去那家店。

汪汪筆記 這種情況下也可用 through。

經驗 For the past week, my brother has been through a lot.
我弟弟在這一週經歷了許多事。

結束 After all this time of loving you, we are through!
愛你這麼久後，我們結束了！

通行 Excuse me, coming through.
不好意思，借過一下。

● 必背的 through 片語

go through	break through	flow through ～ to …

經過	打敗	通過～流到…

get through	cut through	half way through

通過	穿過	半途

put through	make it through	straight through

電話聯絡	順利完成	直線的

fall through	drive through	through the year
		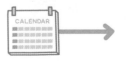
失敗告終	開車通過	經過一年

run through	look through	through an interpreter

跑過	瀏覽	透過口譯

with 👣 一起

with表示「一起」。不光是人，也能用在共同的手段、狀態或原因上。

和人、對象一起	和所有物、手段一起	和狀態、原因一起

例 **argue with**
和～爭論

例 **girl with long hair**
長頭髮的女生

例 **with ease**
容易地

例 **with my friend**
和朋友

例 **with a knife**
用刀子

例 **with cold**
覺得冷

I went to school with my friend on the same bus.

我和朋友一起搭公車上學。

Crush the garlic with a knife.

請用菜刀拍碎蒜頭。

I can now breathe with ease.

現在可以輕鬆呼吸了。

汪汪筆記 這種情況下也可用 with。

跟隨 Are you with me?

跟得上（話題）嗎？

同時地 The man greeted me with his arms crossed.

那個男人雙手抱胸地跟我打招呼。

😊「with O C」表示「O一邊做C的動作」。

● 必背的 with 片語

agree with	deal with	with care

同意（某人）的意見	處理	小心

correspond with	be familiar with	be satisfied with

和～通信、符合～	精通	感到滿足

go with	equip A with B	with a credit card

伴隨	為A設置B	刷卡

get along with	provide A with B	with fear

和（某人）和睦相處	為A提供B	感到害怕

coffee with sugar	compare A with B	with difficulty

加糖的咖啡	A和B相比	困難地

# of 從屬、分離

of 表示「從屬、分離」。不僅是對組織，也可用做對象或原因間的從屬關係，另外也可用在分離材料或份量。

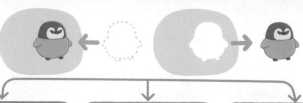

| 屬於組織、特質 | 做為對象、原因的從屬關係 | 分離材料、份量 |

例 **one of my friends**
朋友之一

例 **person of courage**
有勇氣的人

例 **be aware of**
注意到

例 **die of cancer**
因癌症過世

例 **a cup of coffee**
一杯咖啡

例 **be made of**
由～製成

We need a <u>person</u> of <u>courage</u> to lead us to victory!

我們需要一位有勇氣的人帶領我們迎向勝利。

Are you aware of Sakura's pancreatic cancer?

您知道 Sakura 有胰臟癌嗎？

This structure <u>was</u> entirely <u>made</u> of steel.

這個結構全部由鋼鐵製成。

汪汪筆記 這種情況下也可用 of。

單位 I had a bunch of grapes before coming here.

我來之前吃了一串葡萄。

種類 The shop is now popular because of word-of-mouth type of advertising.

那家店多虧大家口耳相傳，現在頗受歡迎。

性格 That's very kind of you.　謝謝您的好意。

●必背的 of 片語

<u>piece</u> **of** <u>cake</u>	consist **of**	**be afraid of**
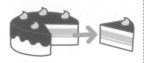		
容易的事	由～組成	害怕
beginning of	rob **A of B**	**be tired of**

～的開端	從A搶走B	厭煩
in terms **of**	inform **A of B**	think **of**

以～為單位，關於～	通知A有關B的事	考慮某事
<u>first</u> **of** <u>all</u>	remind **A of B**	at the cost **of**
	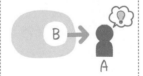	
優先	提醒A有關B的事	浪費～
dispose **of**	suspect **A of B**	at the risk **of**

處理某事	懷疑A是B	冒著～危險

about, around 四周

about 代表周邊煙霧瀰漫，around 代表在周邊繞圈。在時間、地點、數字、對象等的周邊朦朧、繞圈。

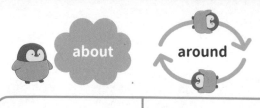

時間、地點的四周

例 **about 9:00 a.m.**
上午9點左右

例 **around the office**
辦公室附近

I used to wake up around 7:00 a.m. for classes; now I wake up at about 8:30 a.m.
以前早上7點左右起床上學，現在則是8點半左右起床。

數字四周（年齡、金額等）

例 **about the same age**
同年紀左右

例 **around $1,000**
1,000美金左右

Wow! Your brother is about the same age as me!
哇！你哥的年紀差不多和我一樣！

話題等的對象四周

例 **talk about**
聊到

What are you talking about?
你們在聊什麼？

汪汪筆記 **這種情況下也可用 about。**

正準備要 I'm about to meet my friend who went to Japan in June.
我正要去見6月時到日本的朋友。

狀態 How about you? 你好嗎？

提議 How about having lunch together?
要不要一起吃午餐？

● 必背的 about, around 片語

worry about	hear about	beat around the bush

擔心	聽到	旁敲側擊
feel sorry about	ask about	go around

介意某事	問候	四處走動
bring about	about time	walk around

帶來	該做～的時間	走來走去
come about	around the corner	look around

發生	轉彎處、在附近	四處張望
book about	turn around	around the world
關於～的書	旋轉	全世界

to 🐾 到達點

to 代表「到達點」。不僅是地點或時間，也可用來表示目的、對象或比較的到達點。

時間、地點的到達點

例 **to 9:00 a.m.**
早上9點前

例 **to Tokyo**
到東京

I'll be hanging around that area from 6.00 p.m. to 7.00 p.m.

晚上6點到7點間，我會在那附近閒逛。

目的、對象的到達點

例 **listen to**
傾聽

例 **introduce A to B**
把A介紹給B

I can't wait to introduce Alice to Tsuki!

我超期待把Alice介紹給Tsuki！

比較的到達點

例 **prefer A to B**
喜歡A勝於B

例 **be superior to B**
優於B

She is superior to her co-workers since her boss promoted her recently.

最近老闆提拔她，所以她的職位比同事還高。

汪汪筆記 ✎ 這種情況下也可用to。

變化 When we saw the tiger, things turned from bad to worse.

當我們看見那隻老虎時，情況變得更糟了。

範圍 Most carry-on luggage is up to 7kg.

大多數的手提行李最多到7kg。

比率 I won by two to one against my brother.

我以2比1贏了弟弟。

● 必背的 to 片語

talk to	come to	dance to music
	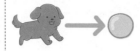	
交談	到來、成為	配合音樂跳舞
lead to	attach to	answer to a question

（道路等）通往～	伴隨	回答問題
belong to	stick to	to some extent

屬於	黏貼	某種程度
be known to	connect A to B	prior to

為人所知	把 A 接到 B	在～之前
look up to	look forward to	be senior to

尊敬	期待	年長於

from ● 起點

from 表示「起點」。不僅是地點或時間，也能用於分開或區分、原因或來源的起點。

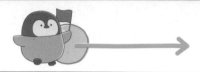

時間、地點的起點	分開、區分的起點	原因、來源的起點
例 **from 9:00 a.m.** 從9點 	例 **tell A from B** 辨認A和B 	例 **be tired from** 因～感到疲倦 
例 **from Tokyo** 從東京 	例 **refrain from** 抑制 	例 **quotation from** 引用～ 

My brother will be traveling from Tokyo to Australia this weekend.

弟弟這週末從東京前往澳洲旅遊。

I can't seem to tell Bill from Bob; they both look the same!

我分不清 Bill 和 Bob，他們看起來長得一樣！

I read a magazine with a quotation from Shakespeare.

我讀了引用莎士比亞文章的雜誌。

汪汪筆記 這種情況下也可用 from。

變化 Hey! Can you help me translate this from English to Japanese?

嗨！你可以幫我把這篇英文翻成日文嗎？

減法、扣除 Gross profit is calculated by subtracting the cost of goods sold from revenue.

收入扣除販售商品的成本就能算出毛利。

範圍 From day one until now, you still haven't started studying?

從第一天到現在，你還沒開始讀書？

● 必背的 from 片語

from my point of view  在我看來	**prevent A from B**  阻止A做B	**different from** 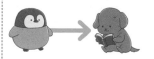 相異
from scratch  從頭開始	**deduct A from B** 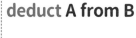 B扣除A	**from country to country**  因國家而～
from now on  從現在開始	**suffer from**  苦惱	**keep away from/ stay away from**  保持距離、不靠近
result from  起因於	**come from**  來自	**get away from**  離開
prohibit A from B  禁止A做B	**be made from**  用～製成	**far from**  遠離

for ● 方向

for表示「方向」。不僅是地點，也可用於關注的交換對象、範圍或期間。

往對象、地點的方向	交換對象的方向	往範圍、期間的方向

例 bound for
前往～

例 exchange A for B
把A換成B

例 for two years
兩年內

例 present for
送禮給～

例 pay A for B
付A買B

例 for his age
以他的年紀～

> Who are you buying that present for?
> 你買這個要送誰？

> She paid $100 for the sparkling ruby necklace.
> 她付了100美元買那條亮晶晶的紅寶石項鍊。

> He looks wrinkly for his age.
> 以他的年紀來看長了滿臉皺紋。

汪汪筆記 這種情況下也可用for。

對～而言 Does it work for you?　　這對你有用嗎？

店內餐飲 For here or to go?

內用還是外帶？

緣故 This shop is famous for its exquisite chocolate, made with high quality cocoa beans.

這家名店賣的高級巧克力是用優質可可豆做成的。

● 必背的 for 片語

look for	be responsible for	Thank you for
尋找	對～負責	謝謝

wait for	go for	value for money
等待	去做	物有所值

ask for	call for	for a while
要求	請人來做～	暫時

prepare for	substitute for	for your information
為～做準備	代替	僅供參考

fall for	for free	For real?
愛上	免費	真的？

against 逆向

against 表示「逆向」。除了地點外,也用於違背規定、意願或環境。

背對地點、背景

例 lean **against**
靠著

例 **against the blue sky**
背對藍天

That picture looks perfect against the blue sky!
有藍天襯托的美照!

違背規定、意願

例 **against the rule**
違反規定

例 **against** someone's will
違反(某人)的意願

They had him locked up against his will.
他們違背本人的意願將他關起來。

背對環境

例 **against the cold winter**
預防寒冬

During their expedition to Mount Everest, many hikers had to fight against the cold wind.
攀登珠穆朗瑪峰時,很多登山客必須與冷風作戰。

汪汪筆記 這種情況下也可用 against。

反對 Are you for or against? 贊成還是反對?

匯兌 Can someone give me the value of yen against dollar?
有人知道日圓對美元的匯率嗎?

訴訟 She will file a lawsuit against that company because they did not refund her.
因為公司不退費,她打算對那家公司提告。

●必背的 against 片語

against the law	against a rainy day	go against

違法	未雨綢繆	違背

against the wind	against a contract	fight against

逆風	違約	對戰

against the clock	against the background of	swim against the current
	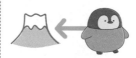	
火速地	以～為背景	逆流

vaccination against	work against	turn against

接種疫苗	違逆	和～反向，改變方向

prejudice against	vote against	stand against

對～有偏見	投反對票	背對～而立、對抗

after 在～的後面、～之後

after 可視為「在～的後面、～之後」。除了人事物外,也能用來表示在時間或事件之後。

| 時間之後 | 人、物的後面 | 事件之後 |

after 10 minutes
10分鐘後

Please repeat after me.
請跟著我念。

after the post office
（指路）過了郵局

after class
下課後

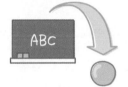

Alicia, can you turn off the TV after 10 minutes?
Alicia,10分鐘後可以關掉電視嗎?

Take a left turn after the post office to reach our house.
過了郵局再左轉就到我們家了。

Can we go to the arcade after class?
下課後可以去電子遊樂場嗎?

汪汪筆記 這種情況下也可用 after。

禮讓 After you. 您先來。

連續 The students kept asking random questions one after another.
學生們不斷地想到什麼就問什麼。

減完 Mao's company announced a profit of $800 million after tax this quarter.
真央的公司公布本季稅後盈餘是8億美元。

●必背的after片語

go after  追趕	inquire after  問候（某人）是否平安	after all 終究
come after  緊跟著	take after  相似	after a while 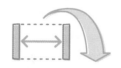 過了一會兒
run after  追趕	name A after B 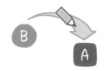 以B的名字取名為A	after that  之後
look after  照顧	model after 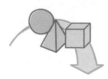 以～為樣本	day after day 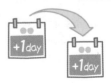 每天
seek after  追求	soon after  不久後	the day after  隔天

汪! Point Lesson ① 表示「直到～」和「靠近」，by 的不同用法

by 有「接近時間、地點」的意思（參閱第98頁）。表達「直到～」的時間及「～附近」的地點，翻成日語分別和 until, near 一樣，兩者有什麼不同呢。先來了解語感或意思上的差異吧。

● 表示「直到～」的 by 和 until

◎ 在語感上，by 單純表示直到～（期限），until 則是一直做～直到（持續）。

例 By 5 pm, you have finished
your work and gone home.
你應該在下午5點前下班回家。

例 Our seniors have to do overtime work
until 11 pm today.
我們的前輩今晚必須加班到11點。

● 表示「靠近」的 by 和 near

◎ 以公園距離來表示的話，by 有近到可聽見孩童玩樂聲，一眼就能看到公園的感覺。
而 near 表達的是走路到公園10分鐘等的近距離感。

例 Kita always jogs by the river.
Kita 總是沿著河邊慢跑。

例 Our house is near the park.
我們家在公園附近。

be 動詞＋介系詞、副詞

be 動詞有主詞是什麼，主詞處於什麼狀態，連接前後畫上等號的作用，不過，搭配第 2 章學到的介系詞、副詞使用時，便成為下列的意思。

日常會話中經常用得到，記住就很方便。

●I'm…	
off 我走了	**off to ～** 我要去～囉
in 我要參加	**into ～** 我熱衷於～
out 我不參加	**on it** 我正在做
for it 我贊成	**against it** 我反對

雖是老生常談，但打好基礎很重要

有人說「日本的英語教育很不切實際，因為沒人說 This is a pen 之類的句子」。

在我開始重讀英語的時候，也很看不起複習國中程度的英語這件事。

但我在學習過程中發現，國中學的英語是基本功，基礎沒打好就無法運用，學習還是以基礎最重要。

就算日常生活中的真實對話場景，用到的文法與單字也有不少來自國中程度的英語應用。另外在 TOEIC 或檢定考等測驗中，沒打好基礎就無法理解句型變化，結果還是得重讀國中英語。

無法用英語說出想講的話時，其實換成國中英語，不用艱深的英語表達也能進行對話。

舉例來說，想講「我很優柔寡斷」時，是否會立刻浮現「優柔寡斷」的英語呢？

「I'm an indecisive person.（我很優柔寡斷）」是和日語翻譯可以直接畫成等號的英語，但一時之間卻無法冒出「indecisive（形）不果斷，優柔寡斷的」吧（我想讀過第 1 章語源篇的讀者，把 indecisive 拆解成「in（否定）＋ decide（決定）＋ ive（形容詞化）」，應該就能輕鬆理解才對……！）

那麼，換成「I usually take long to make decisions.（我常花很多時間做決定）」，怎麼樣呢？雖然是國中程度的單字與文法，意思卻差不多。

本書在「介系詞、副詞篇」「動詞篇」「助動詞篇」中介紹的英語單字，本身都是難度較低的字，但理解最根本的基礎，就能學到由此延伸出的各種變化句型。

忠於基礎，腳踏實地的一步步學習吧。

第3章

動詞篇

雖然是大家都認識的基本動詞，配上介系詞或副詞就變成各種意思。活用第2章學到的圖像語感，一次記住動詞本身的意思和片語吧。

take 🐾 拿取

吃「medicine（藥）」、接受「advice（勸告）」、選擇「taxi（計程車）」等情況都能用 take。

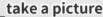

take a picture
拍照

take a call
接電話

take a nap
小睡片刻

take a break
休息一下

拿、拿入

take medicine
吃藥

take advantage of
利用

take a test
考試

take a lesson
上課

接受、收進

take someone's advice
聽（某人）的勸告

take a risk
冒風險

選擇

take a taxi
搭計程車去

take a chance
碰運氣看看

● take 的常用會話例句

Take it easy.
放輕鬆。

Take your time.
慢慢來。

Take care of yourself.　保重身體。

● 使用 take 的片語

take A into account
把 A 考慮進去

It's important to take color into account when picking out clothes.
挑衣服時考慮顏色很重要。

take off
脫（鞋子、衣服）、起飛

Before entering the house, please do take off your shoes.
進屋前請先脫鞋。

take over
接替

Harry will take over Amy's shift today because she is sick.
因為 Amy 身體不舒服，今天由 Harry 代班。

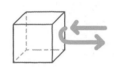

take back
歸還、取消

Take back what you took from the shop.
從店內偷的東西還回去。

take after
相似

Alicia is cute. She takes after her mother, who is a beautiful model.
Alicia 好可愛。她和美麗的模特兒媽媽長得很像。

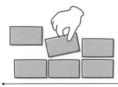

take apart
拆開

If you take that thing apart, it will break for sure.
如果你把那個拆開，一定會壞掉。

take along
帶去

Please take me along with you.
請帶我一起去。

bring 🐾 帶來

除了帶來有形物體外，還包括無形物體，如變化或結果等。
另外，也能帶人來。

帶來物品

Please bring a cup of coffee to me.
請帶一杯咖啡給我。

帶來

What brings you to Japan?
促使你來日本的原因
是什麼？

帶來

I want to bring in positive change on social media.
我想為社交媒體帶來積極變化。

● Take 和 bring 的區別

take
帶去聽話者、說話者以外的地點。

Please take my luggage to the room.
請把我的行李搬到房間。

bring
帶來聽話者、說話者的地點。

Please bring a cup of coffee to me.
請帶一杯咖啡給我。

汪汪筆記 ✎

有很多人在學校學過「帶走」吧？

兩者容易搞混，因此初學時就要先分辨清楚。

bring about
引起、造成

It looks like this weather can <u>bring</u> <u>about</u> heavy thunderstorms any minute.
這種天氣眼看著就要形成大雷雨。

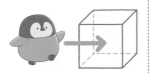

bring in
帶進來

Don't <u>bring in</u> random people. That is weird.
不要帶不認識的人來。那很奇怪。

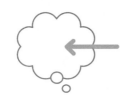

bring back memories
懷念的

Ahh, these pictures <u>bring</u> <u>back</u> <u>memories</u> from my school days.
啊，這些照片勾起我學生時代的回憶。

bring up
提到（話題等）

Please don't <u>bring up</u> this topic. It is very irrelevant.
請不要提到這個話題。這無關緊要。

bring down
使消沉

Don't <u>bring</u> <u>down</u> the rest of the team when you cannot do anything.
當你無能為力時，請不要打擊其他隊員的士氣。

Bring it on!
來吧

I'm not scared. <u>Bring</u> <u>it</u> <u>on</u>!
我不怕。來吧！

143

go ● 離開某處

或許有很多人記成「去」。因為有「離開某處」的涵義，表示目的地時必須在後面加上 to。

go crazy
發瘋、入迷

go online
上網

go bankrupt
破產

go bad
惡化、失敗

Go easy
on the alcohol.
少喝酒

go abroad
出國

Go easy on me.
手下留情

go well
進展順利

● go to ～／ go to a ～／ go to the ～的區別

go to ～

例 I almost forgot that I have to <u>go to</u> school today.
我差點忘記今天必須上學。

😊 不光是去學校，還包含去學校「上課」的意思。
school 做為「單純地點」使用時，必須如下列例句般加上冠詞。

go to a ～

例 Let's hang out and <u>go to a</u> mall later.
等一下出去玩，然後去賣場吧。

💡 尚未決定要去哪間購物中心。

go to the ～

例 My friends and I want to <u>go to the</u> aquarium to see whale sharks.
我和朋友想去水族館看鯨鯊。

💡 決定好要去哪裡的水族館。

●使用 go 的片語

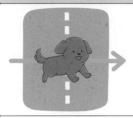

go across
穿越

We decided to go across the country by car.
我們決定開車走遍全國。

go away
走開

Could you ask them to go away? I'm busy at the moment.
可以請他們離開嗎？我現在很忙。

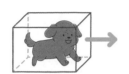

go out
外出

I go out with my friends every weekend to play at the arcade.
我每個週末和朋友去電子遊藝場玩。

go with
一起去、隨行

I am going to go with my friends to the party.
我和朋友一起去參加派對。
He can go with the flow in any situation.
他能在任何情況下順應情勢。

go on
繼續

I cannot go on with this anymore, this is too much for my heart.
我無法再繼續，太吃力了。

go for it!
加油！

Go for it! I'm sure you can do it.
加油！我相信你一定做得到。

動詞篇

come 過來某處

除了人以外，也可以用來表示「spring（春天）」或「result（結果）」等無形物體來了。還適用於「呈現某種狀態」，如「come true（實現）」等。

到來
Spring comes.
春天來了。

生長
Success comes as a result of education and hardwork.
成功是教育和努力的結果。

來到目的地

I'm coming.
我過去。

呈現某種狀態
My dream came true.
夢想實現了。

● go 和 come 的區別

go
離開某處

Haru said he would go to Rin's house tonight to study.
Haru 說今晚要去 Rin 家讀書。

come
過來某處

Do you want to come to my house after school?
下課後要來我家嗎？

汪汪筆記
去說話者的地點時使用「I'm coming.（我過去）」。很像 take 及 bring 的關係。一起記下來吧。

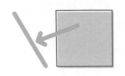

come off as
留下～印象

Act appropriately in public, or you will come off as a weird child.
如果在公共場所舉止不得體的話,別人會覺得你是怪小孩。

come from
來自

Hi! Where do you come from?
你好!請問你來自哪裡?

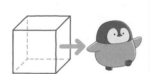

come out
出來

Little child, come out from there, it is not safe to play inside.
小朋友,快從那裡出來。在裡面玩不安全。

come across
浮現(想法等),遇到

If you come across a stranger offering candy, do not take it.
如果遇到陌生人給你糖,不要拿喔。

come up with
想到、想出

We need to come up with better ideas for these sentences, don't we?
對於這些文章,我們應該提出更好的構思吧?

when it comes to
涉及～時

When it comes to being alone, we should always be aware of our surroundings.
獨處時,我們應該隨時留意周遭環境。

動詞篇

run 持續前進

如果只記住字面解釋「跑」，就會混淆不明。從「繼續前進」的意象，聯想到「經營」「流淌」「前進」的意思。

 經營

He runs a restaurant.
他經營一家餐廳。

 競選

He will run for president.
他要競選總統。

流淌

A beautiful river runs through my town.
有一條美麗河川流經我居住的城鎮。

(絲襪)勾紗

These stockings run easily.
這些絲襪很容易勾紗。

 通行

The trains are running behind schedule.
火車誤點了。

(事物)進展

Everything is running smoothly.
一切進展順利。

● run 的常用會話例句

Time is running out.
時間不多了。

I'm running late.
我快遲到了。(已經遲到)

run 也可以表示「hit-and-run accident (肇事逃逸)」。

● 使用 run 的片語

run across
偶遇（直接經過）

Kageyama ran across Asahi on the streets while he was on a jog.
景山慢跑時遇到旭。

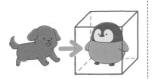

run into
偶遇（停下來）

I didn't expect to run into our teacher yesterday.
沒想到昨天碰到老師。

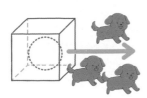

run out of
用完

Kageyama's game console has run out of battery from playing it too much.
景山遊戲機玩太久，結果沒電了。

run away
逃走

Asahi isn't the type to run away from his problems.
旭不是那種會逃避問題的人。

run through
穿過、瀏覽

I'd like to run through your recommended playlist.
我想看你推薦的播放清單。

in the long run
長遠來看

Avoid using cheap batteries; these can ruin your gadgets in the long run.
請避免使用廉價電池。長期下來，零件可能受損。

make · 製作

不光是製造有形物體，還有「行動」「差異」「金錢」等無形物體。也能當作使役動詞表示「形成某種情況」。

make a decision
做決定

make a mistake
犯錯

make an excuse
找藉口

make a call
打電話

採取行動

make a compliment
稱讚

make a complaint
抱怨

make an effort
努力

make an appointment
約定

make time
挪出時間

make money
賺錢

製造金錢、時間、空間

make room for
讓出空間

make a fortune
發財

make no difference
沒有區別

製造差異

make a difference
造成變化

● 使用 make 的片語

make up for
彌補

You have to make up for the damage you caused.
你必須彌補自己造成的損失。

make fun of
嘲笑

Don't make fun of other people.
不可以嘲笑別人。

make use of
使用、運用

Make use of the knowledge you acquired in school.
請運用在學校學到的知識。

make it a rule to / that
養成～的習慣

Let's make it a rule that you have to clean your room before you can play your video games.
養成掃完房間再打電動的習慣。

動詞篇

汪汪筆記

make out 意味著「完成、做得好」，但也有「親熱」的意思。

例句 We made out before, but it didn't work out.
雖然我們以前感情很好，卻處不來。

● make 的常用會話表現

Make sure everything is secured before leaving the room.
出門前請確認門窗及瓦斯已關妥。

That makes sense.
原來如此。

You made my day.
托您的福整天都很順利。≒謝謝

Does it make sense?
有回答到你的問題嗎？

You made it!
你做到了！

請注意 Do you understand？「懂了嗎？」，是語氣稍嫌粗魯的說法。

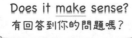

have 擁有

除了有形的物體外，也可用來表示有「meeting（會議）」等情況、或處於「headache（頭痛）」等狀態。

have a headache
頭痛

have an argument
爭論

have a blast
玩得開心

have a plan
有計畫

have no idea
全然不知

have dinner
吃晚餐

have a meeting
開會

have a dream
作夢、有夢想

have a lesson
上課

have an appointment
約定

have a talk
談話

have a seat
坐下

have a coffee
喝咖啡

have a shower
淋浴

have a party
辦派對

have a break
休息一下

have a haircut
去剪髮

汪汪筆記

◎ dinner, breakfast, lunch 之前通常不加冠詞。不過，重點放在用餐內容時會加冠詞。

例句 Have a nice dinner! （好好享受晚餐！）

◎ 由於 have a coffee 的 coffee 是不可數名詞（無法計算的名詞），故本該說 a cup of coffee（一杯咖啡），但 have a coffee 已經成為日常習慣用語了。

● 使用 have 的片語

have trouble ～ing
做～有困難

The staff is having trouble doing work because Mr. Tanaka accidentally deleted our files.
因為田中先生誤刪了我們的檔案，結果造成工作人員的困擾。

have trouble with
因～而煩惱

Are you having trouble with that question?
這個問題讓您感到困擾嗎？

have something to do with
和～有關

The main reason why he can't trust people has something to do with his childhood trauma.
他無法相信別人的主要原因和童年時的心靈創傷有關。

have nothing to do with
和～無關

That newbie has nothing to do with the error on the system.
那位新員工和系統錯誤無關。

● have 的常用會話表現

Can I have a coffee, please?
請給我一杯咖啡。

☺ 點餐時也可以用 have。

Do you have Wi-Fi here?
這裡有 wi-fi 嗎？

You have my word. 我保證。

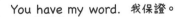

Have a nice day!
Have a good one!
祝你有個美好的一天！

Have a nice weekend!
週末愉快！

☺ 通常會回應對方 Thank you. You too.
（謝謝，你也一樣。）

let 任人隨意去做

let 主要用在人身上，但也有像「Let it go.（不管它）」等的例外情況。

Let me explain.
讓我解釋。

Let me in.
讓我進去。

Let me think.
讓我想一想。

Let it be.
隨便它。

Let me see.
我想一下…。

Let it go.
（對別人的言行）
不管它、算了。

Let me out.
讓我出去。

Let me know.
讓我知道。

●let 的常用會話表現

Don't let me down.
不要讓我失望。

Let me ask you a question.
我問你一個問題。

Let me give you some examples.
讓我舉幾個例子。

●使役（讓～）動詞的區別

make
強迫某人做

Can you <u>make</u> me feel secure when I'm with you?
當我和你在一起時，可以<u>讓</u>我放心嗎？

While we were still a trainee at this company, our boss told us to always <u>make</u> our clients happy.
當我們還是這家公司的實習生時，老闆說「隨時<u>讓</u>客人感到開心」。

She should <u>make</u> her boyfriend stop drinking too much.
她應該<u>制止</u>她男朋友酗酒。

have
維持某種狀態

Akira <u>had</u> his bedroom wall painted blue the other day.
Akira 前幾天把房間的牆壁漆成藍色。

At a famous tailor shop, Mr. Murata <u>had</u> a suit made just for his concerto.
在知名的裁縫店家，村田先生有一套專為他的協奏曲訂製的西裝。

Kunimi <u>had</u> his nails trimmed short since he plays volleyball.
國見為了打排球把指甲<u>剪</u>短。

let
任人（隨意地）做～

We should <u>let</u> our manager decide what's the best thing to do.
我們應該<u>讓</u>經營者決定什麼是最棒的方法。

<u>Let</u> us talk with the clients this time as the developers.
這次<u>讓</u>我們以開發者的身分和顧客交談。

We should <u>let</u> the newcomers do the opening presentation.
應該<u>讓</u>新人做開場表演。

hold 👣 用力維持

不僅是有形物體，也適用於維持「line（通話）」等狀況，或舉辦「party（派對）」等活動。

hold the door for
為了～拉住門

CC hold a patent
擁有專利

hold someone accountable for～
要（某人）為～負責

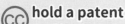 握有某物

 hold the line
不掛斷電話

hold a party
開派對

 維持狀態

舉辦活動

 hold one's tongue
閉嘴

hold a meeting
開會

 hold it
（維持原狀）等待

 hold an election
舉辦選舉

● 使用 hold 的片語

hold on
等（一下）

Oh no! Hold on, I forgot something back at my house.
啊！等一下，我把東西留在家裡了。

hold off on
推遲

I have to hold off on the wedding invitations.
我必須延後寄出結婚請帖。

hold back
克制

Kyoko had to hold back her tears after breaking up with her boyfriend yesterday.
京子昨天和男友分手後強行忍住眼淚。

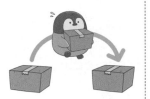

hold over
留待

The author will have to hold over the book announcements till next time.
看來作者把新書預告延到下次了。

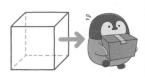

hold out
伸出、提供

Asahi held out his hand.
旭伸出手。

hold down
（向下）壓住、控制

I need to hold down these papers or else the wind would scatter them.
要是不壓住這些文件，就會被風吹走。

hold up
拿起來、支撐

I can't hold this shelf up for much longer, someone help me.
我無法撐住這個架子太久，有人可以幫忙嗎。

hold together
集中、湊齊

Tell them to use the glue to hold together the wood.
請告訴他們用黏著劑固定木材。

keep 保持

除了有形的物體外，也可用於維持「quite（安靜）」等狀態，或「saying（說話）」的動作。

keep pace
並駕齊驅

keep one's distance
保持距離

保持狀態

keep quiet
保持安靜

保持行動

keep going
繼續做

keep one's word
遵守約定

keep saying
繼續說

保有物品、言詞

keep a secret
保密

Keep the change.
不用找錢。

● keep 的日常會話表現

Please <u>keep</u> in mind that ～
請記住某事～。

Let's <u>keep</u> in touch.
讓我們保持聯絡。

I'm sorry to have <u>kept</u> you waiting.
抱歉讓你久等了。

Please <u>keep</u> me posted.
請隨時通知我。

●使用 keep 的片語

keep it up!
繼續保持，加油！

Good job. keep it up!
做得好。繼續保持，加油！

keep an eye on
注意看好

You should tell the guard to keep an eye on that sketchy person.
最好告訴警衛要留意那個怪人。

keep back
退後、隱瞞

Please keep back. This area is dangerous.
請退後。這邊很危險。

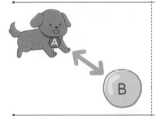

keep A from B
不讓A做B

Keep Kageyama from studying too much.
不要讓影山讀得太累。

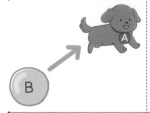

keep A away from B
讓A遠離B

Could you keep the cat away from the dog before they fight?
在貓狗打起來之前，可不可以讓貓遠離狗？

keep up with
跟上（不要落後）

You should exercise more to keep up with us.
你最好多運動以跟上我們。

look 看向

可以搭配介系詞或副詞，表達視線方向，如「look at（看向～）」「look down（向下看）」「look up（向上看）」。

看向

Look at the picture.
看那幅畫。

看起來（像～）

You look great.
你看起來很有精神。

● watch ／ see ／ look 的區別

watch 的視線
看正在動的物體
[例] watch TV（看電視）

see 的視線
看到
😊 從看到可以延伸出「I see your point（我知道你的意思）」的用法。

look 的視線
看停止的物體
[例] look at the schedule（看時刻表）

汪汪筆記

「（在電影院）看電影」，因為大銀幕的影像會自然地映入眼簾，大多用「see a movie」來表示。

● 使用 look 的片語

look after
照顧

They will look after the flowers.
他們幫忙澆花。

look around
環視

Look around before you cross the street.
過馬路前請先環顧四周。

look up to
尊敬

My father is a person I look up to.
父親是我尊敬的人。

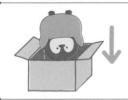

look into
調查

I'll look into the data you sent me.
我會研究你寄來的數據。

look over
瀏覽

Shin said he would look over it later.
Shin 說他待會再看。

look through
窺視、瀏覽

Sarah looked through the telescope.
Sarah 拿望遠鏡看。

look down on
輕視

Masters always look down on their slaves.
主人通常都看不起奴隸。

break 破壞

除了有形物體外，也可以表示破壞「law（法律）」「silence（沉默）」「promise（約定）」等各種事物。

break the silence
打破沉默

break a law
違法

break down
故障

break the news
透露消息

break ground
動工

break someone's heart
傷了（某人）的心

break the ice
打開僵局

break a record
打破紀錄

break one's promise
破壞約定

汪汪筆記

複習一下語源篇，猜猜 unbreakable 的意思吧。

答案是 un（否定）＋ break（破壞）＋ able（能夠）＝「牢不可破的」

例句 A promise is unbreakable.

承諾是牢不可破的。

● 使用 break 的片語

break out
逃走、突然發生

The prisoner broke out of the prison yesterday.
犯人昨天從監獄逃走了。

break up
分開

I hope you don't break up with him.
希望你不要和他分開。

break down in tears
痛哭

My friend broke down in tears after her breakup.
我朋友分手後大哭一場。

break in
闖入、適應

Since the break-in, we've had all our locks changed.
被闖空門後，我們換掉所有的鑰匙。

😊 例句中「break-in」當名詞使用。

break into
闖入

The robber broke into our house.
強盜闖入我們家。

break through
突破

Protesters tried to break through a police station.
示威群眾打算衝入警察局。

〔汪汪筆記〕
breakfast是「break（打破）＋fast（禁食）」，即為「早餐」。

get ·🐾 從「無」到「有」

除了有形物體外，也可用來表示無形的事物或狀況，如「dark（黑暗）」「job（工作）」「sick（疾病）」等，從「無」到「有」的狀態。

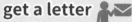
get a letter
收到信

get it
了解

get a call
接電話

get dark
變暗

get drunk
喝醉

get ready
準備好了

get married
結婚

get sick
生病

get a job
就職

●上／下交通工具的區別

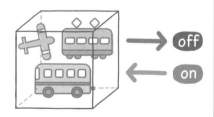

get on / get off

搭乘／離開火車、公車等
可在裡面走動的交通工具，
或是機車等騎乘工具。

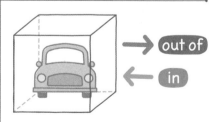

get in / get out of

上／下車

get in the way
妨礙

Nothing could get in the way of Ushiwaka when practicing.
沒有什麼事可以妨礙牛若練習。

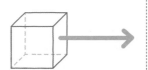

get out
出去

Could you tell them to get out? They are disturbing the neighbors.
你可以請他們出去嗎？他們打擾到鄰居了。

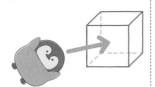

get into
熱衷

I wonder how you got into that hobby.
你怎麼迷上這個嗜好的。

get over
翻越

Get over the wall to reach the ball.
越過這道牆接球。

get along with
和（某人）相處融洽

Everyone in class gets along with the professor.
班上所有人都和教授相處得很好。

get away
離開

Don't think you could get away with what you've done.
不要以為做了那種事還能逃掉。

put 放置

不只是放置，還能表示放入或張貼物品。
另外也可以擺放物品以外的事物，如「blame（責備、責任）」等。

放置物品

I put the book you wanted on the table in your room.

我把你要的書放在你房間桌上。

放入

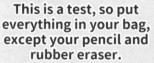

This is a test, so put everything in your bag, except your pencil and rubber eraser.

這是小考，請把鉛筆和
橡皮擦以外的物品放進書包。

張貼

This poster is weird; better not put it on the wall.

這張海報令人不舒服，
最好不要貼到牆上。

擺放物品以外的事物

Recently, foreign language educators put more importance on speaking than writing.

最近，外語教育學者
重視會話勝於寫作。

People always want to put the blame on someone if something goes wrong.

人們一遇上問題，
總是怪到別人身上。

At the moment, I am putting my priorities on mathematics.

目前我把數學擺在第一優先。

● put 的常用會話表現

I've put on weight recently.
最近變胖了。

I'm putting on makeup.
我正在化妝。

Put yourself in my shoes.
將心比心。

● 使用 put 的片語

put on　穿戴

Sometimes, you have to put on a friendly face, even if you don't like your opponent.
有時候就算你不喜歡對方，也要擺出和善的面孔。

put off　延期

I have to put off next week's meeting for personal reasons.
因私人因素必須延後下週的會議。

put aside
放到一旁

I sometimes wish people would just put aside their differences and work together for the sake of everyone.
有時候我希望人們可以撇開歧見，為眾人同心協力。

put ～ through（人）
（某人）把～的電話轉接給～

Mao, can you put Mr. Nakamura through the sales department call?
Mao，你能幫中村先生把電話轉到營業部嗎？

put ～ back
把～放回去

You better put that filthy piece of cloth back where you found it.
最好把那塊髒布放回你撿到的地方。

put across
表達清楚

Hinata was trying to put across an important matter.
Hinata 試著把重要的事情傳達清楚。

put away
整理

You may go home only after you have finished putting away everything.
整理完所有的東西才能回家。

turn 旋轉

除了旋轉外,也能用在改變方向或變色的情況。
另外,也是意味著「順序」的常用名詞。

顏色變化

Yachi's lips are turning blue! Is she alright?

谷地的嘴唇發紫!她還好嗎?

The leaves are turning red. It must be fall.

樹葉變紅了。應該是秋天到了。

旋轉

Can you turn the timer clockwise?

可以順時針地
轉動計時器嗎?

改變方向

Iwaizumi sighed and turned away without looking back.

岩泉嘆口氣,
頭也不回地轉身離開。

順序(名詞)

Atsumu and Osamu always take turns doing the cleaning.

侑和治總是輪流打掃。

It's my turn to show and tell my favorite thing in front of the class.

輪到我 Show & Tell(在同學面前展示
並講解自己喜歡的東西)了。

● 使用 turn 的片語

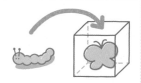

turn into
變成

He will turn into a prince once a princess kisses him.
公主一旦親了他,他立刻變成王子。

turn in
提出

Don't forget to turn in your papers and assignments.
不要忘記交論文和題目。

turn out
成為～（的）結果

Their game didn't turn out as planned.
他們的比賽沒有照計畫進行。

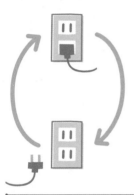

turn on
打開

Did Kageyama turn on the light switch in the kitchen?
景山有打開廚房的燈嗎？

turn off
關掉、停止

Could you please turn off the valve before you leave?
離開前可以關掉閥門嗎？

turn over
翻轉

Did you guys already turn over your test papers?
你們的考卷翻頁了沒？

turn around
轉向

Please turn around. I need to check the price tag on that jacket.
（在試衣間）向後轉。我想看那件外套的標價。

turn down
拒絕

I heard the manager turn down Rae's offer.
我聽到經理拒絕 Rae 的提議。

give 給予

除了有形的物體外，也可以給「speech（演講）」「reason（理由）」「chance（機會）」等各種事物。

give a reason
給個理由

give birth
生產

give an example
舉例

give a speech
演講

give access to
允許進入～

give me a break
饒了我吧

give someone a ride
開車送（某人）
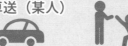

give someone a chance
給（某人）機會

give someone a hand
助（某人）一臂之力

●give 的常用會話表現

Give it a try!
試試看！

Could you give me an example?
可以舉例嗎？

Give me a second.
等一下。

☺ 就算是一般會話也問過「比如說……?」吧？

● 使用 give 的片語

give <u>up on</u>
放棄、死心

I've given <u>up on</u> my dreams of becoming a pilot.
我放棄當機長的夢想。

give <u>over to</u>
委託、讓給

I'm giving this rubber duck <u>over to</u> my friend, Steve. He likes ducks.
我把這隻橡皮鴨交給朋友 Steve，他喜歡鴨子。

give <u>back</u>
送回

Please, can you give <u>back</u> my cat? I want to pet it.
可以拜託你把貓還給我嗎？我想摸牠。

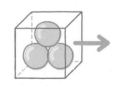

give <u>out</u>
分發

They are giving <u>out</u> pamphlets about sustainable gardening.
他們正在分發永續園藝的傳單。

give <u>off</u>
發出（光、熱、味道等）

The perfume gave <u>off</u> a fragrant flowery scent.
那瓶香水散發出花香味。

give <u>away</u>
贈送、洩露（秘密等）

They are giving <u>away</u> free ice cream at the party.
他們在派對上贈送免費的冰淇淋。

do 🐾 萬事通

do 的用法很多，熟悉後就很實用。do 就像萬事通，幫忙做許多事。

形成否定句

He does not want my help.
他不要我幫忙。

形成疑問句

Does she like ramen?
她喜歡吃拉麵嗎？

強調

I do care about him.
我真的很關心他。

加上運動或工作的名詞當動詞使用

Could you ask Tsukishima to do the dishes today?
今天可以請月島來洗碗盤嗎？

Please do a lot of work whilst the manager is gone.
店長不在時請多做點事。

代名詞、助動詞

Yes, I do.
是，我願意。

Don't do that.
請不要這樣。

Yuya does that once in a while.
Yuya 偶爾會這樣做。

● do 的常用會話表現

Just do it.
做就對了。

I'll do it.
我會做。

You should do it yourself.
你應該自己做。

● 做運動 play ／ do ／ go 的區別

play
球類運動

She **plays** tennis with her friends.
他和朋友打網球。
例 play soccer, play baseball

do
不用工具的運動或格鬥技

Do exercises to stay fit during the summer!
在夏天做運動以保持健康！
例 do exercises, do karate, do yoga

go
後面接～ ing

Do you want to **go swimming** with me?
要和我一起去游泳嗎？
例 go skiing, go fishing

● 玩遊戲 play ／ do 的區別

play
攸關輸贏的遊戲

Come and **play** poker with us later tonight!
今晚和我們一起玩撲克牌吧！
例 play chess

do
無關輸贏的遊戲

Let's **do** a puzzle together to pass the time.
一起拼拼圖打發時間吧。

表示狀態的 be 動詞和 get 的區別

請區分清楚各自在語意上的些微差異。be 動詞表示狀態，get 表示狀態的變化（從「無」到「有」，參閱第164頁）。

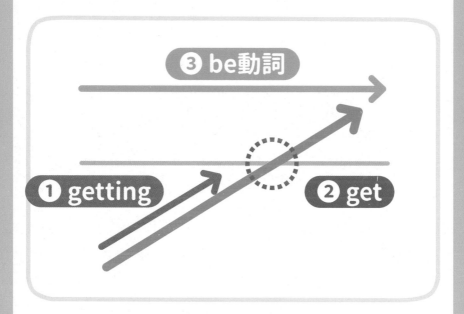

❸ be動詞

❶ getting

❷ get

❶ getting	❷ get	❸ be動詞
接近某種狀態	成為某種狀態	狀態
I am getting tired. 我有點累。	I got tired. 我累了。	I am tired. 我很累。
I am getting used to hot weather. 我已經習慣了炎熱的天氣。	I got used to hot weather. 我習慣了炎熱的天氣。	I am used to hot weather. 我習慣炎熱的天氣。

圖解五種句型

我想大家都有注意到本章介紹的動詞，常用於各種句型上。以下用淺顯易懂的簡圖來講解文法中的五種基本句型，請背下來。

第一種句型（SV）

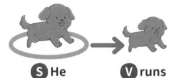

S He　　　**V** runs

只有主詞（S）和動詞（V）的句子。
先把重點放在主詞上，再看動詞。

第二種句型（SVC）

S He　**V** is　**C** an office worker

在主詞（S）和動詞（V）後面加上補語（C）。補語是說明主詞「是什麼」「呈現成狀態」「是什麼東西」的語詞。在第二種句型中，主詞和補語透過動詞畫上等號。

第三種句型（SVO）

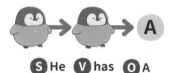

S He　**V** has　**O** A

在主詞（S）和動詞（V）後面加上受詞（O）。
受詞表示「做什麼」。

第四種句型（SVOO）

S He　**V** gives　**O** him　**O** A

在主詞（S）和動詞（V）後面加上兩個受詞。兩個受詞依序表示「給誰」「什麼」。

第五種句型（SVOC）

S He　**V** makes　**O** him　**C** happy

在主詞（S）和動詞（V）後面加上受詞（O）和補語（C）。
受詞等於補語。

用英語理解英語？

　　學英語，重要的是認清英語和日語的差別。了解「語序的差異」就能順利學習。

　　試著比較下列的英語和日語吧。

語序差異範例

I play baseball on weekends.
❶ ❷ ❸ ❹

（私は週末に野球をする。）我週末打棒球。

　　英語的語序原則上是 ❶**主詞** ❷**動詞** ❸**受詞** ❹**其他**（地點、時間等），後面為補充說明的句型（雖然偶爾會出現其他語序，但這裡為了方便解說便簡化句型）。

　　由此可以看出，英語和日語在單字排序上有明顯的差異。

　　按照語序來理解英語，應該會出師不利，先陷入苦戰。

　　原因是尚未習慣英語的人，會下意識地以日語的順序來念英語。

　　視線很不自然地跟著❶I ❹on weekends ❸baseball ❷play 來移動。聽的時候也一樣，在腦中把聽到的英語轉換成日語。

　　想按照語序直接用英語來理解英語，建議以下兩種方法。

❶不要把英語轉成日語

如動詞篇的圖解，配合圖片看懂英語單字，就不需要每次都還要轉換成日語。

❷先朗讀按語序讀懂英語

朗讀時會從前面按照順序念出英文，自然就能按語序讀懂英文。

第4章

助動詞篇

雖然助動詞的意思較容易混淆，但各有各的語感。搭配插圖聯想助動詞的語感，就能毫不猶豫地用於對話中。

will 意志（即將）

will 不只是單純地表達未來。還能從「意願」的意思衍伸出「預測」「習性、習慣」「委託、建議」等涵義。

Did you finish your homework?
作業寫完了嗎？

I will, I will.
要開始寫了！

意志

預測 ～吧	習性、習慣 就是～	委託、建議 可以～

I want to go to the park. 我想去公園。	I spilled juice on the floor. 我打翻果汁了。	Will you bring tea from the fridge? 可以從冰箱拿出茶嗎？
Sorry, I'm cooking now, but daddy will take you there. 對不起，我要煮飯了，但是爸爸會帶你去。	Don't worry, accidents will happen. 沒關係，總會有不小心的時候。	Sure. 好。

汪汪筆記

如「Where there is a will, there is a way.（有志者事竟成）」所示，will 也可當名詞使用。

未來式 will 和 be going to 的區別

配合圖解記住表示未來的 will 和 be going to 就很方便。will 是在講話的當下決定未來之事，be going to 則是已對未來做出決定。

助動詞篇

will
說話的當下決定未來之事

There is no milk left in the fridge. I <u>will</u> go buy milk.

冰箱沒有牛奶了。我去買牛奶。

 可看出在講話的當下，做出「沒有牛奶➡要去買!」的決定。

be going to
已對未來做出決定。

I <u>am going to</u> go buy milk because there is no milk left in the fridge.

我去買牛奶，因為冰箱沒有牛奶了。

 講話時已經決定要去買（未來）。

江江筆記

和母語者說話，常會聽到簡短的口語化表現。如果能記住其中最常出現的簡稱 gonna, wanna, gotta，就很方便。gonna 是「going to（即將）」，wanna 是「want to（想要）」，gotta 是「（have）got to（必須）」的縮寫。

can ● 可能性

應該有不少人把can記成「能夠」吧。從基本涵義「可能性」，衍伸出「能力」「允許」「委託」之意。

I messed up!
我搞砸了！

Anybody can make a mistake.
每個人都會犯錯。

可能性

能力 能	允許 可以	委託 可以嗎？
I can do better. 我能做得更好。	You can use my computer. 你可以用我的電腦。	Can you come with me to the shopping mall? 你可以和我一起去購物中心嗎？

汪汪筆記

can 也有「請」的語義。

You can count on me. （交給我吧。）

may 能力

may不只有「也許」的意思。從「能力」衍伸出給予「許可」之意，也適用於「推測」「祈求」「要求允許」等情況。

You may not use the camera flash.
照相時不可以開閃光燈。

Sorry, I'll be careful from now on.
對不起，我之後會注意。

能力＝許可

推測 也許	祈求 希望	要求允許 可以～嗎？
It may sound strange, but it's true. 聽起來也許很奇怪，卻是事實。	May your dreams come true! 希望你夢想成真。	May I have your name, please? 可以告訴我你的名字嗎？

😊 是也好，不是也好。因此有50%的準確度。

Thanks! 謝謝！

😊 請求身分地位高於自己的人答應時，使用may。

must ● 義務、命令

都學過 must 是「必須」的意思吧。從「義務、命令」到「堅信」「強力勸說」都能表示。另外，加上 not 有「禁止」之意。

You're still here?
你還在這裡？

I must submit this paper by the end of the day.
我必須在今天之內交出這份文件。

義務、命令

堅 信 一定	強力勸說 務必～	加上 not 表示禁止 不能
I heard you just came back from Japan. You must be tired. 聽説你剛從日本回來。一定累了吧。	You must try this restaurant when you come to Vietnam. 當你來越南時務必嘗試這家餐廳。	We must not go there. 我們不能去那裏。

汪汪筆記✎

must 也可以當形容詞使用。

· must-read（必讀書籍） · must-have（必備品）

182

Must 和 have to 否定、過去的區別

在否定句或過去式使用 must 時要特別小心。分辨差異後連 have to 一起記住就很容易了解。

否定句

must not
不能（禁止）

We must not go there.
我們不能去那裏。

do not have to
不需要

We do not have to go there.
我們不需要去那裏。

過去式

must have p.p. (過去分詞)
一定

He must have gone home.
他一定回家了。

had to
非～不可（過去分詞）

He had to go home.
他非回家不可。

183

助動詞的過去式概念

will 和 would，can 和 could 等，是現在式和過去式經常混淆的助動詞，但兩者的意思大不相同。透過圖解記住各自的意思以免搞混。

現在

過去

過去式代表「遠離現在的時間軸」。一旦有「遠離」之意，助動詞的意思就變成間接用語。

舉例來說，使用 could 的疑問句比用 can 的委婉有禮，would 比 will 的準確度更低。

本書為了清楚表達出這些概念，用如雲朵般朦朧的圖片來表現過去式。
透過圖解輕鬆區分助動詞的用法。請空出位置記得這些圖片吧。

汪汪筆記

有沒有想過英語為什麼用過去式來表達假設句？那是因為過去式不夠明確，相當「朦朧」。

例句 If I were a bird, I would fly to you.

如果我是一隻鳥，就會飛到你身邊。

could :: 朦朧的可能性

could是可能性低於can的表示。因此，也能用於「過去的能力」「比can更委婉的允許或委託」。

I'm afraid our team is about to lose.
我們這隊恐怕要輸了……。

It could be true, but there is a slim hope.
或許吧，但還是有渺茫的希望。

助動詞篇

朦朧的可能性
或許

| 過去的能力 | 委婉地請求 | 委婉地要求 |
| 能夠 | 可以嗎？ | 能不能～？ |

He could run fast when he was young.
他年輕時跑得很快。

Could I borrow your pen?
可以借我筆嗎？

Could you give me a hand?
能不能請你幫忙？

汪汪筆記

could 如「I wish I could speak English（希望我會說英語）」所示，常以「I wish I could ～」的形式出現。

May I/ Could I/ Can I ～？的區別

請求允許的 May I～?/ Could I～?/ Can I～?在語感上有微妙的差異。讀完本頁，應該能掌握正確的概念。

請求上級允許may	委婉地請求允許 could	直接詢問can

May I have your name?

請問您叫什麼名字？

Could I borrow your car?

可以跟您借車嗎？

Can I borrow your pen?

可以借我筆嗎？

😊 比較禮貌的問法是在句尾加上please。

Can I borrow your pen, please?

😊 用在身分地位高於自己的人。

😊 用在不方便直接開口說can的情況。也適用於對朋友、家人或同事提出難以啟齒的要求時。

😊 用於對朋友、家人或同事隨口提出要求時。也常對店員使用。

汪汪筆記 🖊

記住這些差異，就不會在非必要時使用may，在該客氣的時候說成can。

表示「完成」的 could 和 was/were able to 的區別

在某些場合不可以用could來表示「完成」。was/were able to和could同樣有「完成」之意，記住兩者的差異吧。

助動詞篇

could
❶ 表示過去的能力「能夠」

I could play tennis well when I was young.

我年輕時網球打得很好。

He could run fast when he was young.

他年輕時跑得很快。

❷ 搭配感官動詞（hear, understand等）

I could hear a faint noise.

我聽得到微弱的噪音。

was/were able to
過去只「完成」一次

I was able to go there yesterday.

我昨天可以去那裡。

I was able to sleep well yesterday.

我昨天睡得很好。

否定句兩者皆可用

I could not go there.
I was not able to go there. ⎫ 我不能去那裡。

汪汪筆記 ✎

若有人說" I could get some sleep on the plane."，聽者會解讀成「我可以在飛機上小睡一下。」和「我也許會在飛機上睡覺（參閱第185頁）」兩種意思。為了避免混淆，用was/were able to表示過去只發生一次的情況。

would 🐾 朦朧推測

would 是比 will 更含糊籠統的表現。從準確度低於 will 的「推測」，引伸出「過去的習慣」「委婉地請求」「願望」之意。

I talked to a salesperson who has a mustache yesterday.
昨天，我和一位留著小鬍子的銷售員說話。

That would be Sam.
那可能是 Sam。

朦朧推測
可能吧

過去的習慣 以前做過～	委婉地請求 能不能～？	願望 想 (would like to)
Every time my grandma visited, she **would** read a story to us. 奶奶每次來玩時都會唸故事書給我們聽。	We are fully booked today. Would you be able to come in tomorrow? 今天都訂滿了。能不能請您明天再來？	I'm so tired today. I **would** like to get a massage. 我今天好累。我想按摩一下。

表示過去習慣
would 和 used to 的區別

表示過去習慣的 would 和 used to，常會混淆不清。
透過圖解記住彼此的意思並分辨清楚吧。

助動詞篇

would
做過

When I was young, I would often play baseball.

我年輕時常打棒球。

☺ 表示過去的狀態時不能用 would。

例句：我曾是工程師。

✗ I would be an engineer.

◎ I used to be an engineer.

used to
以前～

過去

現在

I used to be an engineer, but now I am an accountant.

我以前是工程師，但現在是會計。

☺ 可用在與現況不同的今昔對照上。

汪汪筆記 ✏

翻到第174頁，再確認一下 be used to 和 get used to 的意思吧。分清楚和 used to 的區別就很方便。

189

should ·指示

很多人都把should記成「應該」吧。從「指示（建議）行動之意，可引伸出「推測」「可能性低的假設」「意外、驚訝」的涵義。

It's getting cloudy.
雲變厚了。

We should bring an umbrella just in case.
我們最好帶把傘以防萬一。

指示＝建議

| 推 測 應該 | 可能性低的假設 萬一、如果 | 意外、驚訝 居然～ |

Excuse me, but he hasn't arrived yet.
不好意思，他還沒到。

Should you have any questions, please feel free to contact us.
如果有任何問題，請隨時與我們聯絡。

She said she would quit.
她說她不做了。

He left the office half an hour ago, so he should be there very shortly.
他30分鐘前離開公司，應該快到了。

I was surprised that she should say such a thing.
我好訝異她居然說出這種話。

should 和 be supposed to 的區別

我想很多人分不清「應該」「理應如此」「本來」的譯詞。以下整理出 should 和 be supposed to 的區別。

should
應該

be supposed to
理應如此、本來

You should study more.
你應該多用功點。

I am supposed to go shopping with my friends tomorrow, but I have to study English.

明天本來要和朋友去逛街，卻不得不唸英文。

😊 過去式

You should have studied more.

你以前應該多用功點。

😊 過去式

I was supposed to go shopping with my friends yesterday.

昨天本來要和朋友去逛街（但是沒去成）。

汪汪筆記

be supposed to 也可以用在以下的情況。

· You are not supposed to smoke at school.

你不該在學校抽菸。

· Vitamin C is supposed to cure the common cold.

維他命 C 應該能治療感冒。

191

mini column　學習英語會話建議「用英語自言自語」

　　本書的讀者當中，應該有很多人不是只為了考試而讀，是想提升英語會話能力吧。

　　「用英語自言自語」是最簡單有效的英語會話練習法之一。可以不受地點時間限制，按照自己的步驟輸出練習。

　　參考以下範例，試著說出今天做了什麼或現在的感覺吧。關鍵是從簡單的英語開始。

簡單的自言自語例句

❶ I woke up at 8 a.m.
我8點起床。

❷ I went to the office.
我到辦公室。

❸ I had a lot of paperwork today.
我今天有很多文書工作。

❹ I'm tired.
我好累。

❺ I will go shopping this weekend.
我週末要去購物。

　　不查字典，試著先唸出聲音。然後再查想不出來的單字。反覆練習就能用英語說出自己的日常生活。習慣後再逐漸拉長句子。

　　除此之外，也建議「用英語表達眼前的風景」「想像實際的狀況念出自我介紹詞」等方法。

第5章

詞彙篇

這篇整理了記住後就很實用的
英語單字及會話片語。
第1章到第4章學會的觀念應
該有不少能派上用場。
從明天開始善加利用吧。

汪汪迷你單字本

將英語單字彙整成圖片輸入腦中，就能一次記住許多字。配合主題相同的單字一起背吧。

● 單複數意思不同的單字

 arm
手臂
　　　　湊齊手臂……　→　 **arms**
武器

 force
力量
　　　　集中力量……　→　 **forces**
軍隊

 work
工作
　　　　集合工作……　→　 **works**
作品

 good
優良
　　　　集合優良……　→　 **goods**
商品

 interest
興趣
　　　　集合興趣……　→　 **interests**
收益

 manner
方法
　　　　集合方法……　→　 **manners**
態度

 time
時間
　　　　集合時間……　→　 **times**
時代

汪汪筆記

「收集興趣就有收益」的聯想也很有趣。

● 情感表現

I am...	I am...	I am...
moved 被打動	**bored** 無聊	**excited** 興奮
I am...	I am...	I am...
scared 害怕	**pleased** 開心	**irritated** 著急
I am...	I am...	I am...
touched 感動	**confused** 困惑	**satisfied** 很滿足
I am...	I am...	I am...
depressed 沮喪	**surprised** 驚訝	**disappointed** 失望
I am...	I am...	
impressed 佩服	**embarrassed** 尷尬	

汪汪筆記

因為引發情感的原因來自外力，所以用被動式。

literally	actually	basically	honestly
照字面地	實際上	基本上	誠實地
seriously	hopefully	apparently	unfortunately
認真地	但願	表面上	遺憾地

● 水果相關用語

cherry-pick	go bananas	in a nutshell	bad apple
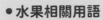			
擇優挑選	發瘋	總而言之	害群之馬
cool as a cucumber	apples and oranges	a second bite at the cherry	apple polisher

鎮定自若	（無法比較）截然不同	第二次的機會	馬屁精

●家族、親戚的稱謂

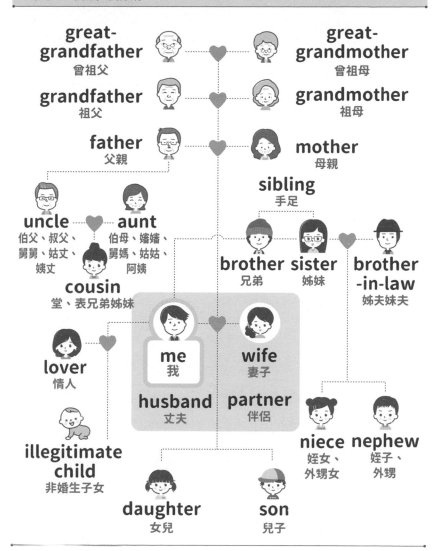

great-grandfather 曾祖父 — **great-grandmother** 曾祖母

grandfather 祖父 — **grandmother** 祖母

father 父親 — **mother** 母親

sibling 手足

uncle 伯父、叔父、舅舅、姑丈、姨丈 — **aunt** 伯母、嬸嬸、舅媽、姑姑、阿姨

cousin 堂、表兄弟姊妹

brother 兄弟 **sister** 姊妹 — **brother-in-law** 姊夫妹夫

lover 情人

me 我 — **wife** 妻子

husband 丈夫 **partner** 伴侶

illegitimate child 非婚生子女

niece 姪女、外甥女 **nephew** 姪子、外甥

daughter 女兒 **son** 兒子

汪汪筆記 其他教科書沒寫的家人稱謂

· stepbrother/sister　繼子繼女、繼兄弟/姊妹

· half brother/sister　同父異母（同母異父）的兄弟姊妹

· adopted child　養子

圖解常用單字

如簡易字彙般好用，適用於各種說法。
以下是必記的實用常見單字之圖解。

● word 言詞

in a word	in other words	word by word
總而言之	換句話說	逐字地

word of mouth	keep one's word 遵守承諾 You have my word. 我答應你	break one's word
口耳相傳		食言

● hand （手）

first-hand 直接的 second-hand 二手的	on the other hand 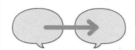 另一方面	handout 資料、樣品  hand out 分發

hand over	hand in	Could you give me a hand?

提交	提出	可以幫忙一下嗎？

room（空間）

have room for dessert	room for discussion	room for doubt

甜點是另一個胃 還吃得下甜點	討論的餘地	懷疑的餘地

room for milk	room for improvement 改善空間	make room for
	room for growth	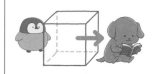
留空間加牛奶	成長空間	為～讓出空間

time（時間）

waste time	have time to	spend time doing

浪費時間	有空做～	花時間做～

have a hard time	free time 閒暇	Take your time.
	 spare time 空檔	
有困難	空檔	慢慢來

詞彙篇

• story（話題）

make a long story short

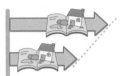

長話短說

It's a long story.

說來話長

a likely story

說得煞有其事
（諷刺）

same old story

老生常談

whole story
事件詳情

another story
另一回事

make up a story

捏造情節

• picture（照片、圖畫）

put ～ in the picture

對～說明情況

in the picture

有關

out of the picture

無關

get the picture

了解

see the whole picture
看見全貌

see the picture
理解

One picture is worth a thousand words.

一圖勝千言
（百聞不如一見）

● way（道路）

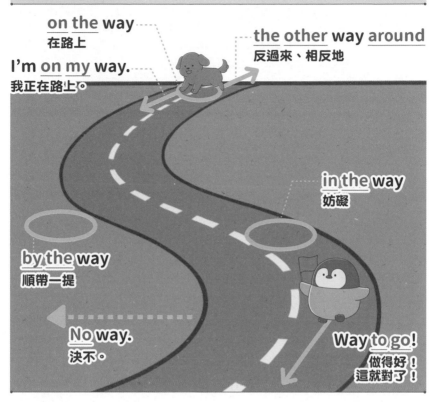

on the way
在路上

I'm on my way.
我正在路上。

the other way around
反過來、相反地

in the way
妨礙

by the way
順帶一提

No way.
決不。

Way to go!
做得好！
這就對了！

汪汪筆記

長大後就無法隨意地記住新的英語單字，對不對？

我認為社會人士背單字時，有三個重要的訣竅。

① 多看幾次

在房間中貼上寫有英語單字的紙條，或是隨身攜帶單字本等，簡單地增加看單字的次數。

② 整理並串起關聯性的系統化記憶

背單字時，建議利用圖像輔助記憶。整理並記找出彼此的關聯性後記住。

③ 連結印象記憶

試著將心中既有的印象和新背下的英語單字連結起來吧。建議在單字本上塗鴉、或用 google 搜尋英語單字的照片等方法。

英文會話片語

以下整理了學校沒教過的常用英文會話片語。多唸幾次，需要時就能流利地說出來。

● 常用片語

> I mean it.
> 我是認真的。

> After you.
> 您先請。

> Are you sure?
> 你確定嗎？

> Does it work for you?
> 你可以嗎？

> I feel you.
> 我懂。

> It depends.
> 要看情況。

> Not really.
> 不見得。

> Does it make sense?
> 知道意思了嗎？

> 😊 no代表強烈的否定。

> 😊 Do you understand? 的語氣比較直接。

● 實用會話

> Sounds good.
> 聽起來不錯。

> You are right.
> 是的，沒錯。

> I agree with you.
> 您說得對。

> I didn't know that.
> 我不知道。

> That's good to hear.
> 太好了。

> Really?
> 真的嗎？

> No way.
> 決不。

> Seriously?
> 當真？

● 表示同意的說法

I guess so.
應該是。

🙂 表示有點同意。

You are right.
你是對的。

Absolutely.
當然。

I feel the same way.
我有同感。

I couldn't agree more.
我非常同意。

● 表示不同意的說法

No way.
一點也不。

That depends.
看情況決定。

That's not always true.
不見得。

I don't think so.
我不覺得。

I'm not so sure about that.
我不確定。

● 視情況再問

I am not sure I follow you.
我不確定是否要聽你的。

Are you saying that?
你說的是～嗎?

Could you give me an example?
可以舉例說明嗎?

Could you tell me more about～?
能不能告訴我更多關於～?

Could you say that again more slowly, please?
能不能請您慢慢地再說一次?

● 詢問相關內容

How is A?
還好嗎？

How was A?
A怎麼樣呢？

What is A like?
A是什麼樣的人（東西）？

Do you know A?
你認識A嗎？

Did you hear about A?
你聽說過A嗎？

What do you think of A?
你覺得A怎麼樣？

● 日常會話問句

How was your day?
今天過得如何？

How was your weekend?
週末過得如何？

How is business going?
工作上還好嗎？

What are you going to do tomorrow?
明天要做什麼？

Do you have any plans for the weekend?
週末有什麼計畫嗎？

汪汪筆記

「今天過得如何？」「週末過得如何？」是英語常見的問句，藉此展開話題。

正在學英語會話的人，可以先想好如何回答這些必問句，

才不會被問倒。

答完後記得回問對方「How about you?（那你呢？）」。

●說出自己的意見

I guess
我覺得～。

I think
我認為～。

I believe
我相信～。

I'm not sure but
我不確定，但是～。

I would say
我會說是～。

It seems to me ～
在我看來～。

In my opinion,
就我的看法，

詞彙篇

●可用於正式場合的愛情相關片語

Are you cheating?
你外遇了？

I can explain.
我可以解釋。

I need my space.
我需要獨處一下。

I loved you.
我曾愛過你。

It's over.
結束了。

We broke up!
我們分手了！

°C（攝氏）與°F（華氏）的換算

在美國使用°F（華氏）當溫度單位。有時會想「這樣大概是幾度呢？」。以下介紹換算成°C（攝氏）的簡易公式。※（）內是正確算出的溫度。

°F（華氏）→°C（攝氏）

◎ 減掉30再除以2

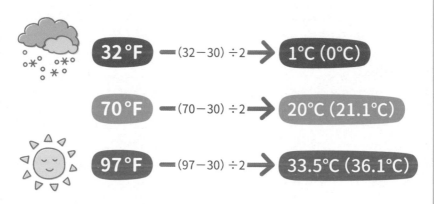

32°F —(32−30)÷2→ 1°C（0°C）

70°F —(70−30)÷2→ 20°C（21.1°C）

97°F —(97−30)÷2→ 33.5°C（36.1°C）

°C（攝氏）→°F（華氏）

◎ 乘以2再加上30

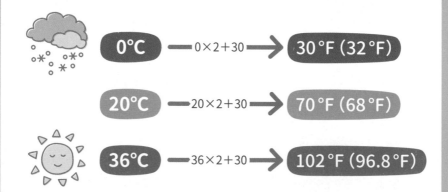

0°C —0×2+30→ 30°F（32°F）

20°C —20×2+30→ 70°F（68°F）

36°C —36×2+30→ 102°F（96.8°F）

結語

一學習英語，踏入和全世界溝通的人生一

我在27歲時第一次出國。

其實我原本不喜歡英語也不愛出國。我在大阪當地的公司上班，覺得住在大阪沒必要出國。某一天腦袋中突然閃過一個念頭：「我難道要就這樣待在舒適圈生活、工作一輩子嗎？」

「既然如此就到國外工作吧。」

下定決心後努力學英語。29歲時決定跳槽到其他公司派駐越南，在越南展開四年左右的生活。那裡當然無法用日語溝通。雖是陌生的環境，但可以和當地人透過英語溝通，也能和到越南或日本出差、觀光的各國人士用英語對話。

我的人生如文字所述，因為英語得以拓展眼界，看到不同的風景。人生沒有太遲的問題。

覺得「現在才要學英語……」的人，也請務必好好學英語。

汪汪

國家圖書館出版品預行編目（CIP）資料

語源解說×圖像聯想：超高效英文單字連鎖記憶法/汪汪著；郭欣惠，
　高詹燦譯. -- 初版. -- 臺北市：臺灣東販股份有限公司, 2021.11
　216面；　14.7×21公分
　譯自：わんわんの芋づる式図解英単語
　ISBN 978-626-304-954-3（平裝）

　1.英語 2.詞彙

805.12　　　　　　　　　　　　　　　　　　　　110016612

● 插畫／なのさと
● 製作協力、範例提供／ Magnolia DP（Twitter:@mao_ws）
　　　　　　　　　　　 Carley（Twitter:@Carley43351411）
　　　　　　　　　　　 鬼塚英介（Twitter:@Englishpandaa）
　　　　　　　　　　　 たきねぇ

語源解說 × 圖像聯想
超高效英文單字連鎖記憶法

2021年11月 1 日　初版第一刷發行
2024年 1 月15日　初版第二刷發行

作　　者　汪汪
譯　　者　郭欣惠、高詹燦
編　　輯　魏紫庭
美術設計　黃瀞瑢
發 行 人　若森稔雄
發 行 所　台灣東販股份有限公司
　　　　　＜地址＞台北市南京東路4段130號2F-1
　　　　　＜電話＞（02）2577-8878
　　　　　＜傳真＞（02）2577-8896
　　　　　＜網址＞http://www.tohan.com.tw
法律顧問　蕭雄淋律師
總 經 銷　聯合發行股份有限公司
　　　　　＜電話＞（02）2917-8022

購買本書者，如遇缺頁或裝訂錯誤，請寄回調換（海外地區除外）。
Printed in Taiwan

TOHAN